श्रेष्ठ साहित्यकारों की
प्रसिद्ध कहानियाँ

संकलन व सम्पादन

डॉ. सच्चिदानन्द शुक्ल
एम.ए., पी-एच. डी. (हिन्दी), साहित्यरत्न (संस्कृत)

वी एण्ड एस पब्लिशर्स

प्रकाशक

F-2/16, अंसारी रोड, दरियागंज, नयी दिल्ली-110002
☎ 23240026, 23240027 • *फैक्स:* 011-23240028
E-mail: info@vspublishers.com • *Website:* www.vspublishers.com

शाखा: हैदराबाद
5-1-707/1, ब्रिज भवन (सेन्ट्रल बैंक ऑफ इण्डिया लेन के पास)
बैंक स्ट्रीट, कोटी, हैदराबाद-500 095
☎ 040-24737290
E-mail: vspublishershyd@gmail.com

Follow us on:

All books available at **www.vspublishers.com**

मुद्रक: परम ऑफसेटर्स, ओखला, नयी दिल्ली-110020

प्रकाशकीय

हमारे पूर्व प्रकाशन 'प्रेमचन्द की प्रसिद्ध कहानियाँ' नामक कहानी-संग्रह की अपार सफलता के पश्चात् उसी कड़ी में यह दूसरी कड़ी बँगला और हिन्दी के श्रेष्ठ कहानियों के संयुक्त कहानी-संग्रह के रूप में आपके समक्ष प्रस्तुत है।

भारतीय साहित्य में आधुनिक युग के अनेक साहित्यकारों ने अपनी साहित्यिक प्रतिभा को उजागर किया। बँगला, उड़िया, गुजराती, हिन्दी आदि भाषाओं के विभिन्न साहित्यकारों ने साहित्य की अनेक विधावों यथा-कहानी, उपन्यास, नाटक, निबन्ध आदि में अपनी लेखनी से नये युग को प्रकाशित किया।

प्रस्तुत पुस्तक- **'श्रेष्ठ साहित्यकारों की प्रसिद्ध कहानियाँ'** में बँगला साहित्यकारों रवीन्द्रनाथ टैगोर, शरत चन्द्र व विभूतिभूषण की कहानियाँ तथा हिन्दी साहित्यकारों चन्द्रधर शर्मा गुलेरी, जयशंकर प्रसाद और प्रेमचन्द की कहानियों का संकलन किया गया है, जो अपने युग के श्रेष्ठ कहानीकार के रूप में सर्वस्वीकृत है।

प्रत्येक रचनाकारों की प्रसिद्ध दो-दो कहानियाँ इसमें संकलित की गयी हैं, जो उनके रचना-कौशल का प्रतिनिधित्व करती हैं।

इन कहानियों के प्रस्तुतिकरण की विशेषता यह है कि प्रत्येक कहानीकार की कहानियों के पूर्व उस कहानीकार का संक्षिप्त जीवन-परिचय, उनकी प्रमुख रचनाओं, उनका काल आदि का संक्षिप्त वर्णन कर दिया गया है, जो कि प्राय: किसी अन्य कहानी-संग्रह में नहीं है।

इसके साथ ही प्रत्येक कहानी में आये हुए प्राय: कठिन शब्दों के अर्थ फुटनोट के रूप में दे दिये गये हैं, जिससे पाठकों को उस कहानी के मर्म या अर्थ को समझने में असुविधा न हो।

आशा है, पूर्व कहानी-संग्रह की भाँति इस कहानी-संग्रह- **'श्रेष्ठ साहित्कारों की प्रसिद्ध कहानियाँ'** को भी पाठक पूर्व की भाँति अपनायेंगे।

-प्रकाशक

विषय-सूची

रवीन्द्रनाथ टैगोर 7
   1. काबुलीवाला 9
   2. सज़ा 19

शरत् चन्द्र चटोपाध्याय 32
   3. बाल्य-स्मृति 34
   4. महेश 46

विभूतिभूषण बन्द्योपाध्याय 60
   5. तालनवमी 62
   6. चावल 70

पं. चन्द्रधार शर्मा गुलेरी 78
   7. सुखमय जीवन 80
   8. उसने कहा था 90

जयशंकर प्रसाद 103
   9. आकाशदीप 105
   10. गुण्डा 116

प्रेमचन्द 129
   11. नादान दोस्त 131
   12. सुजान भगत 138

रवीन्द्रनाथ टैगोर

जन्मः 7 मई 1861
मृत्युः 7 अगस्त 1941

रवीन्द्रनाथ का जन्म सन् 7 मई 1861 ई. में बंगाल के उत्तरी कोलकाता में चितपुर रोड पर द्वारकानाथ ठाकुर की गली में देवेन्द्रनाथ ठाकुर के पुत्र रूप में हुआ था। देवेन्द्रनाथ ठाकुर स्वयं बहुत प्रसिद्ध थे और सन्तों जैसे आचरण के कारण 'महर्षि' कहलाते थे। ठाकुर परिवार के लोग समाज के अगुआ थे। जाति के ब्राह्मण और शिक्षा-संस्कृति में काफी आगे बढ़े हुए। किन्तु कट्टरपन्थी लोग उन्हें 'पिराली' कहकर नाक-भौं सिकोड़ते थे। 'पिराली' ब्राह्मण मुसलमानों के साथ उठने-बैठने के कारण जातिभ्रष्ट माने जाते थे। रवीन्द्रनाथ टैगोर के पितामह द्वारकानाथ ठाकुर 'प्रिंस अर्थात् राजा कहलाते थे। इस समय इनके परिवार में अपार ऐश्वर्य था। जमींदारी बड़ी थी। यही कारण था कि रात में घर में देर तक गाने-बजाने का रंग जमा रहता था, कहीं नाटकों के अभ्यास चलते, तो कहीं विशिष्ट अतिथियों का जमावड़ा होता।

बचपन में रवीन्द्र को स्कूल जेल के समान लगता था। तीन स्कूलों को

आजमा लेने के बाद उन्होंने स्कूली पढ़ाई को तिलांजलि दे दी, किन्तु स्वतन्त्र वातावरण में पढ़ाई-लिखाई में जी खूब लगता था। दिन भर पढ़ना-लिखना चलता रहता, सुबह घण्टे भर अखाड़े में जोर करने के बाद बँगला, संस्कृत, भूगोल, विज्ञान, स्वास्थ-विज्ञान, संगीत, चित्रकला आदि की पढ़ाई होती। बाद में अँग्रेजी साहित्य का भी अध्ययन आरम्भ हुआ। कुशाग्र बुद्धि होने के कारण जो भी सिखाया जाता, तुरन्त सीख लेते और भूलते नहीं थे।

ऊँची शिक्षा प्राप्त करके कोई बड़ा सरकारी अफसर बनने की इच्छा से उन्हें विलायत भेज दिया गया। उस समय वे 17 वर्ष के थे। विलायत पहुँचकर वहाँ के पाश्चात्य सामाजिक जीवन में रंग गये, लेकिन शिक्षा पूर्ण होने के पहले ही सन् 1880 में वापस बुला लिये गये। अगले वर्ष फिर से विलायत भेजने की चेष्टा हुई, किन्तु वह चेष्टा निरर्थक हुई।

जमींदारी के काम से रवीन्द्रनाथ को उत्तरी और पूर्वी बंगाल तथा उड़ीसा के देहातों के चक्कर लगाने पड़ते थे। वह प्राय: महीनों 'पदमा' नदी की धार पर तैरते हुए अपने नौका-घर में निवास करते। वहीं से उन्होंने नदी तट के जीवन का रंग-बिरंगा दृश्य देखा। इस प्रकार बंगाल के देहात और उनके निवासियों के जीवन से उनका अच्छा परिचय हुआ। ग्रामीण भारत की समस्याओं के बारे में उनकी समझदारी और किसानों, दस्तकारों आदि की भलाई की व्याकुल चिन्ता भी इसी प्रत्यक्ष सम्पर्क से पैदा हुई थी। सन् 1903 से 1907 तक का समय उनका कष्टमय रहा, किन्तु शैक्षणिक सामाजिक कामों के कारण उन्होंने अपने साहित्य के कार्य में कोई रुकावट नहीं आने दी। कविताओं, गीतों, उपन्यासों, नाटकों व कहानियों की रचना बराबर चलती रही। गीतांजलि के गीतों और आज के राष्ट्रीय गीत 'जन गन मन' की रचना उन्हीं दिनों हुई

रवीन्द्रनाथ ने कुल ग्यारह बार विदेश-यात्राएँ की। जिससे प्रख्यात अँग्रेजी साहित्यकारों से परिचय हुआ। उन्हीं के प्रोत्साहन से रवीन्द्रनाथ ने अपने कुछ गीतों और कविताओं के अँग्रेजी में अनुवाद प्रकाशित किये। ये रचनाएँ 'गीतांजलि' शीर्षक से प्रकाशित हुईं। इस पर रवीन्द्रनाथ को नोबेल पुरस्कार मिला, जो विश्व का सर्वोच्च पुरस्कार है।

7 अगस्त 1941 को राखी के दिन कवि ने अपनी आँखे मूँद लीं। बँगला पंचांग के अनुसार कवि की जन्मतिथि पच्चीस बैसाख और निधन तिथि 22 श्रावण को पड़ती है।

1

काबुलीवाला

बंगाल में कहानी कला के क्षेत्र में रवीन्द्रनाथ टैगोर से पूर्व कोई नहीं था। उन पर किसी विदेशी लेखक का भी कोई प्रभाव नहीं पड़ा था। उनकी रचनाएँ मौलिक हैं। उनकी रचनाओं में उनके आस-पास के वातावरण, उन विचारों और भावों तथा सम्बन्धित समस्याओं की झलक मिलती है, जिन्होंने टैगोरजी के जीवन में समय-समय पर उनके मन को प्रभावित किया।

(1)

मेरी पाँच बरस की छोटी बेटी मिनी बिना बोले पल-भर भी नहीं रह सकती। संसार में जन्म लेने के बाद भाषा सीखने में उसे केवल एक वर्ष का समय लगा था। उसके बाद से जब तक वह जागती रहती है, एक पल भी मौन नहीं रह सकती। उसकी माँ बहुत बार डाँटकर उसे चुप करा देती है, किन्तु मैं ऐसा नहीं कर पाता। चुपचाप बैठी मिनी देखने में इतनी अस्वाभाविक लगती है कि मुझे बहुत देर तक उसका चुप रहना सहन नहीं होता। इसलिए मेरे साथ उसका वार्तालाप कुछ उत्साह के साथ चलता है।

सुबह मैंने अपने उपन्यास के सत्रहवें परिच्छेद में हाथ लगाया ही था कि मिनी ने आते ही बात छेड़ दी, "पिताजी! रामदयाल दरबान काक को कौआ कहता था। वह कुछ नहीं जानता। है न?"

संसार की भाषाओं की विभिन्नता के सम्बन्ध में उसे जानकारी देने के लिए मेरे प्रवृत्त होने के पहले ही वह दूसरे प्रसंग पर चली गयी, "देखो पिताजी! भोला कह रहा था कि आकाश में हाथी सूँड़ से पानी ढालता है, उसी से वर्षा होती है। मैया री! भोला कैसी बेकार की बातें करता रहता है! ख़ाली *बकबक*[1] करता रहता है, दिन-रात बकबक लगाये रहता है।"

इस बारे में मेरी हाँ-ना की तनिक भी प्रतीक्षा किये बिना वह अचानक प्रश्न कर बैठी, "पिताजी! माँ तुम्हारी कौन होती हैं?"

मन-ही-मन कहा, 'साली', ऊपर से कहा, "मिनी! जा तू भोला के साथ खेल! मुझे इस समय काम है।"

---

1. बकवास।

तब वह मेरे लिखने की मेज़ के किनारे मेरे पैरों के पास बैठकर अपने दोनों घुटनों पर हाथ रखकर बड़ी तेज़ी से 'आग्डूम् वाग्डूम' कहते हुए खेलने लगी। मेरे सत्रहवें परिच्छेद में उस समय प्रतापसिंह काँचनवाला को लेकर अँधेरी रात में कारागार के ऊँची खिड़की से नीचे बहती हुई नदी के जल में कूद रहे थे।

मेरा कमरा सड़क के किनारे था। सहसा मिनी 'आग्डूम वाग्डूम' का खेल छोड़कर जँगले की तरफ़ भागी और ज़ोर-ज़ोर से पुकारने लगी, "काबुलीवाले, ओ काबुलीवाले!"

मैले-से ढीले-ढाले कपड़े पहने, सिर पर पगड़ी बाँधे, पीठ पर झोली लिये, हाथों में अंगूरों के दो-चार बक्स लिये एक लम्बा *काबुलीवाला*[1] सड़क पर धीरे-धीरे जा रहा था। उसे देखकर मेरी कन्या के मन में कैसे भाव उठे, यह कहना कठिन है। उसने उसको ऊँची आवाज़ में बुलाना शुरू कर दिया। मैंने सोचा, 'बस, अब पीठ पर झोली लिये एक आफ़त आ खड़ी होगी, मेरा सत्रहवाँ परिच्छेद अब पूरा नहीं हो सकता।'

किन्तु, मिनी की पुकार पर ज्यों ही काबुलीवाले ने हँसकर मुँह फेरा और मेरे घर की ओर आने लगा, ज्यों ही वह झपटकर घर के भीतर भाग गयी। उसका नाम-निशान भी न दिखायी पड़ा। उसके मन में एक तरह का अन्ध विश्वास था कि उस झोली के भीतर खोज करने पर उसके समान दो-चार जीवित मानव-सन्तान मिल सकती हैं।

इधर काबुलीवाला आकर मुस्कराता हुआ मुझे सलाम करके खड़ा हो गया- मैंने सोचा, 'यद्यपि प्रतापसिंह और काँचनमाला की अवस्था अत्यन्त *संकटापन्न*[2] है, तथापि आदमी को घर पर बुला लेने के बाद उससे कुछ न खरीदना शोभा नहीं देता।'

कुछ ख़रीदा। उसके बाद दो-चार बातें हुईं। अब्दुर्रहमान, रूस, अँग्रेज आदि को लेकर सीमान्त प्रदेश की रक्षा-नीति के सम्बन्ध में बातचीत होने लगी।

अन्त में उठकर चलते समय उसने पूछा, "बाबू! तुम्हारी लड़की कहाँ गयी।"

मैंने मिनी के भय को समूल नष्ट कर देने के अभिप्राय से उसे भीतर से बुलवा लिया। वह मेरी देह से सटकर काबुली के चेहरे और झोली की ओर सन्दिग्ध दृष्टि से देखती रही। काबुली उसे झोली से किशमिश, खुबानी निकालकर देने लगा, पर उसे लेने के लिए वह किसी तरह राज़ी नहीं हुई। दुगुने सन्देह से मेरे घुटने से सटकर रह गयी। प्रथम परिचय इस प्रकार पूरा हुआ।

---

1. काबुल का रहने वाला। 2. संकट से ग्रस्त।

कुछ दिन बाद एक दिन सवेरे किसी काम से घर से बाहर जाते समय देखा, मेरी पुत्री मिनी द्वार के पास बेंच के ऊपर बैठकर अनर्गल बातें कर रही है और काबुलीवाला उसके पैरों के पास बैठा मुस्कराता हुआ सुन रहा है तथा बीच-बीच में प्रसंगानुसार अपना विचार भी मिश्रित बाँङ्ला में प्रकट कर रहा है। मिनी को अपने पंचवर्षीय जीवन की अभिज्ञता में पिता के अतिरिक्त ऐसा धैर्यवान श्रोता कभी नहीं मिला था। मैंने यह भी देखा कि उसका छोटा *आँचल*[1] बादाम-किशमिश से भरा था। मैंने काबुलीवाले से कहा, "उसे यह सब क्यों दिया। अब फिर मत देना!"और मैंने जेब से एक अठन्नी निकालकर उसको दे दी। बिना संकोच के अठन्नी लेकर उसने झोली में रख ली।

घर लौटकर देखा, उस अठन्नी को लेकर पूरा झगड़ा मचा हुआ है।

मिनी की माँ सफ़ेद चमचमाते हुए गोलाकार पदार्थ को लेकर कड़े स्वर में मिनी से पूछ रही थी, "तुझे अठन्नी कहाँ मिली?"

मिनी कह रही थी, "काबुलीवाले ने दी है।"

उसकी माँ कह रही थीं, "काबुलीवाले से अठन्नी लेने तू क्यों गयी।"

मिनी ने रोने की सूरत बनाते हुए कहा, "मैंने माँगी थोड़े ही थी, उसने स्वयं दी।"

मैंने आकर इस आसन्न विपत्ति से मिनी का बचाव किया और उसे बाहर ले गया।

पता लगा, काबुलीवाले के साथ मिनी की यह दूसरी मुलाकात हो, ऐसा नहीं है। इस बीच में उसने प्रायः प्रतिदिन आकर घूस में पिस्ता-बादाम देकर मिनी के नन्हें लुब्ध हृदय पर बहुत-कुछ अधिकार कर लिया है।

मालूम हुआ, उन दो मित्रों में कुछ बँधी हुई बातें और *परिहास*[2] प्रचलित हैं—जैसे रहमत को देखते ही मेरी कन्या हँसते-हँसते पूछती, "काबुलीवाले! ओ काबुलीवाले! तुम्हारी झोली में क्या है।"

रहमत अनावश्यक चन्द्रबिन्दु जोड़कर हँसते हुए उत्तर देता, "*हाँति*[3]।"

अर्थात्, उसकी झोली में एक हाथी है। उसकी हँसी का यही गूढ़ रहस्य था। यह रहस्य बहुत ज़्यादा गूढ़ था, यह तो नहीं कहा जा सकता, किन्तु इस परिहास से दोनों ही काफ़ी विनोद का अनुभव करते रहते-और *शरत्काल*[4] के प्रभात में एक वयस्क और अप्राप्त-वयस्क शिशु का सरल हास्य देखकर मुझे भी अच्छा लगता।

उनमें एक और बात भी प्रचलित थी। रहमत मिनी से कहता, "मुन्नी, तुम क्या कभी ससुराल नहीं जाओगी!"

---

1. फ्राक। 2. मज़ाक। 3. हाथी। 4. जाड़े की ऋतु।

बंगाली परिवार की लड़की जन्म-काल से ही 'ससुराल' शब्द से परिचित रहती है, किन्तु हमारे कुछ आधुनिक ढंग के लोग होने के कारण बालिका को ससुराल के सम्बन्ध में परिचित नहीं कराया गया था। इसीलिए वह रहमत के प्रश्न को ठीक से नहीं समझ पाती थी, फिर भी प्रश्न का कुछ-न-कुछ उत्तर दिये बिना चुप रह जाना उसके स्वभाव के बिलकुल विपरीत था। वह उलटकर पूछती, "तुम ससुराल जाओगे?"

रहमत काल्पनिक ससुर के प्रति घूँसा तानकर कहता, "मैं ससुर को मारूँगा।"

सुनकर मिनी 'ससुर' नामक किसी एक अपरिचित जीव की *दुरवस्था*[1] की कल्पना करके ख़ूब हँसती।

(2)

शुभ्र शरत्काल था। प्राचीनकाल में राजे-महाराजे इसी ऋतु में दिग्विजय के लिए निकलते थे। मैं कलकत्ता छोड़कर कभी कहीं नहीं गया, किन्तु इसी से मेरा मन पृथ्वी-भर चक्कर काटता फिरता है। मैं मानो अपने घर के कोने में *चिर-प्रवासी*[2] होऊँ, बाहर के जगत् के लिए मेरा मन सदा व्याकुल रहता है। विदेश का कोई नाम सुनते ही मेरा मन दौड़ पड़ता है, उसी प्रकार विदेशी व्यक्ति को देखते ही नदी-पर्वत-अरण्य के बीच कुटी का दृश्य मन में उदित होता है और एक उल्लासपूर्ण स्वाधीन जीवन-यात्रा की बात कल्पना में साकार हो उठती है।

(3)

दूसरी ओर मैं ऐसा उद्भिज स्वभाव का हूँ कि अपना कोना छोड़कर बाहर निकलते ही सिर पर वज्राघात हो जाता है। इसलिए सुबह अपने छोटे कमरे में मेज के सामने बैठकर इस काबुली वाले के साथ बातचीत करके भ्रमण का मेरा काफी काम हो जाता। दोनों ओर दुर्गम दग्ध रक्तवर्ण उच्च गिरिश्रेणी, बीच में संकीर्ण मरुपथ, भार से लदे उँटों की चलती हुई पंक्ति, साफा बाँधे *वणिक*[3], पथिकों में से कोई पैदल, किसी के हाथ में बल्लम, किसी के हाथ में पुरानी चाल की चकमक-जड़ी बन्दूक। काबुलीवाला मेघ-मन्द्र स्वर में टूटी-फूटी बाङ्ला में अपने देश की बातें कहता और मेरी आँखों के सामने उसकी तसवीर आ जाती।

मिनी की माँ बड़े शंकालु स्वभाव की महिला थीं। रास्ते में कोई आवाज सुनते ही उन्हें लगता, दुनिया के सारे पियक्कड़ उन्हीं के घर को लक्ष्य बनाकर दौड़े चले आ रहे हैं। यह पृथ्वी सर्वत्र चोर, डकैत, शराबी, साँप, बाघ, मलेरिया, शूककीट, तिलचट्टों और गोरों से परिपूर्ण है। इतने दिन (बहुत अधिक दिन नहीं) धरती पर वास करने पर भी यह *विभीषिका*[4] उनके मन से दूर नहीं हुई थी।

---

1. बुरी दशा। 2. बहुत दिनों का निवासी। 3. व्यापारी। 4. भयानक डर।

रहमत काबुलीवाले के सम्बन्ध में वे पूर्णरूप से *निःसंशय*[1] नहीं थीं। उस पर विशेष दृष्टि रखने के लिए उन्होंने मुझसे बार-बार अनुरोध किया था। उनके सन्देह को मेरे हँसकर उड़ा देने के प्रयत्न करने पर उन्होंने मुझसे एक-एक करके कई प्रश्न पूछे, "क्या कभी किसी के बच्चे चुराये नहीं जाते? काबुल देश में क्या दास-व्यवसाय प्रचलित नहीं है? क्या एक *भीमकाय*[2] काबुली के लिए एक छोटे-से बच्चे को चुरा ले जाना नितान्त असम्भव है?"

मुझे स्वीकार करना पड़ा, बात असम्भव हो, ऐसा तो नहीं, किन्तु अविश्वसनीय है। पर विश्वास करने की शक्ति सबमें समान नहीं होती, इसीलिए मेरी पत्नी के मन में भय बना रहा। किन्तु, मैं इस कारण निर्दोष रहमत को अपने घर आने से मना न कर सका।

प्रतिवर्ष माघ के महीने के बीचोंबीच रहमत अपने देश चला जाता। उस समय कोलकाता में वह अपना सारा उधार रुपया वसूल करने में बहुत व्यस्त रहता। दूर-दूर घूमना पड़ता, पर फिर भी वह मिनी को एक बार दर्शन दे जाता। देखने पर सचमुच ऐसा लगता, मानो दोनों में कोई षड्यन्त्र चल रहा हो। जिस दिन वह सवेरे न आ पाता, उस दिन देखता कि वह सन्ध्या को आ पहुँचा है। अँधेरे में कमरे के कोने में ढीला-ढाला कुरता-पायजामा पहने, झोला-झोली वाले उस लम्बे आदमी को देखने पर मन में सचमुच ही अचानक एक आशंका उठने लगती। किन्तु, जब देखता कि मिनी 'काबुलीवाले, ओ काबुलीवाले' कहती हँसती हुई दौड़ी चली आती है एवं उन दो असमान अवस्था वाले मित्रों में पुराना सरल परिहास चलता रहता है, तो मन प्रसन्नता से भर उठता।

एक दिन सवेरे मैं अपने कमरे में बैठा प्रूफ-संशोधन कर रहा था। विदा होने के पहले आज दो-तीन दिन से जाड़ा ख़ूब कँपकँपा रहा था, चारों ओर एकाएक सीत्कार मच गयी थी। जंगले को पार करके सुबह की धूप टेबिल के नीचे आकर मेरे पैरों पर पड़ रही थी, उसकी गरमाहट बड़ी मीठी लग रही थी। लगता है, आठ बजे का समय रहा होगा, सिर पर *गुलूबन्द*[3] लपेटे तड़के टहलने वाले प्रायः सभी सवेरे की सैर पूरी करके घर लौट आये थे। तभी सड़क पर जोर का हल्ला सुनायी पड़ा। आँख उठायी तो देखा दो पहरेदार अपने रहमत को बाँधे लिये आ रहे हैं। उसके पीछे तमाशबीन लड़कों की टोली चली आ रही है। रहमत के शरीर तथा कपड़ों पर खून के दाग़ हैं और एक पहरेदार के हाथ में खून से सना छुरा है। मैंने दरवाजे के बाहर आकर पहरेदारों को रोककर पूछा, "मामला क्या है?"

कुछ उनसे, कुछ रहमत से सुनकर मालूम हुआ कि हमारे एक पड़ोसी ने

---

1. सन्देह रहित। 2. भयानक। 3. मफ़लर, ऊनी टोपी।

रामपुरी चादर के लिए रहमत से कुछ रुपया उधार लिया था। उसने झूठ बोलकर रुपया देने से इनकार कर दिया और इसी बात को लेकर कहा-सुनी करते-करते रहमत ने उसको छुरा भोंक दिया।

रहमत उस झूठे को लक्ष्य करके भाँति-भाँति की *अश्रव्य*[1] गालियाँ दे रहा था। तभी 'काबुलीवाले, ओ काबुलीवाले' पुकारती हुई मिनी घर से निकल आयी।

पलक मारते रहमत का चेहरा कौतुकपूर्ण हँसी से प्रफुल्लित हो उठा। उसके कन्धे पर आज झोली नहीं थी, इसलिए झोली के सम्बन्ध में उनकी नियमित चर्चा नहीं चल सकी। मिनी ने छूटते ही उससे पूछा, "तुम ससुराल जाओगे?"

रहमत ने हँसकर कहा, "वहीं जा रहा हूँ।"

देखा, उत्तर मिनी को विनोदपूर्ण नहीं लगा, तब वह अपने हाथ दिखाकर बोला, "ससुर को मारता, पर क्या करूँ हाथ बँधे हैं।"

घातक प्रहार करने के अपराध में रहमत को कई वर्ष की जेल हो गयी।

उसकी बात क़रीब-क़रीब भूल गया। हम जिस समय घर में बैठकर सदा के समान नित्य नियमित काम एक के बाद एक दिन काट रहे थे, उस समय एक स्वाधीन *पर्वतचारी*[2] पुरुष कारा-प्राचीर में किस प्रकार वर्ष बिता रहा था, यह बात हमारे मन में उठी भी नहीं।

और, चंचलहृदया मिनी का आचरण तो अत्यन्त लज्जाजनक था, यह उसके पिता को भी स्वीकार करना पड़ेगा। उसने स्वच्छन्दतापूर्वक अपने पुराने मित्र को भुलाकर पहले तो नबी सईस के साथ मित्रता स्थापित किया। बाद में धीरे-धीरे ज्यों-ज्यों उसकी उम्र बढ़ने लगी, त्यों-त्यों सखा के बदले एक-एक करके सखियाँ जुटने लगीं। यही नहीं, अब वह अपने पिता के लिखने-पढ़ने के कमरे में भी नहीं दिखायी पड़ती थी। मैंने तो उसके साथ एक प्रकार से कुट्टी ही कर ली थी।

न जाने कितने वर्ष बीत गये। और एक शरत्काल आया। मेरी मिनी का विवाह-सम्बन्ध निश्चित हो गया। पूजा की छुट्टियों में उसका विवाह होगा, कैलाशवासिन के साथ-साथ मेरे घर की आनन्दमयी भी पितृ-भवन में अँधेरा करके पतिगृह चली जायेगी।

अत्यन्त *सुहावना*[3] प्रभात था। वर्षा के बाद शरत् की नयी धुली धूप ने जैसे सुहागे में गलाये हुए निर्मल सोने का-सा रंग धार लिया हो। यही नहीं, कलकत्ता की गलियों के भीतर के घुटनदार जर्जर ईंटों वाले सटे हुए मकानों पर भी इस

---

1. न सुनने योग्य। 2. पर्वत पर चलने वाला। 3. अच्छा लगने वाला।

धूप की आभा ने एक अपूर्व लावण्य बिखेर दिया था।

आज मेरे घर में रात बीतते-न-बीतते ही शहनाई बज उठी थी। वह बाँसुरी मानो मेरे हृदय के अस्थिपिंजर में से क्रन्दन करती बज रही हो। करुणा भैरवी रागिनी मेरी आसन्न वियोग-व्यथा को शरद् की धूप के साथ समस्त संसार में व्याप्त कर रही थी। आज मेरी मिनी का विवाह था।

सवेरे से ही बड़ी भीड़-भाड़ थी, लोग आ-जा रहे थे। आँगन में बाँस बाँध कर *मण्डप*[1] ताना जा रहा था। घर के कमरों और बरामदों में झाड़ टाँगने की ठक्-ठक् आवाज हो रही थी, शोर-गुल का अन्त न था।

मैं अपने लिखने के कमरे में बैठा हिसाब देख रहा था, तभी रहमत आकर सलाम करके खड़ा हो गया।

पहले तो मैं उसे पहचान ही न सका। न तो उसके पास वह झोली थी, न उसके वे लम्बे बाल थे, और न उसकी देह में पहले-जैसा तेज था। आखिर उसकी हँसी देखकर उसे पहचाना।

मैंने कहा, "क्यों रे रहमत, कब आया?"

उसने कहा, "कल शाम को जेल से छूटा हूँ।"

बात सुनकर कानों में जैसे खटका हुआ। कभी किसी ख़ूनी को प्रत्यक्ष नहीं देखा था, इसे देखकर सारा अन्तःकरण जैसे संकुचित हो गया। मन हुआ, आज के इस शुभ दिन पर यह आदमी यहाँ से चला जाता तो अच्छा होता।

मैंने उससे कहा, "आज हमारे घर में एक काम है, मैं कुछ व्यस्त हूँ, आज तुम जाओ!"

बात सुनते ही वह तत्काल चले जाने को उद्यत हुआ, अन्त में दरवाजे के पास पहुँचकर थोड़ा इधर-उधर देख करके बोला, "क्या एक बार मिनी को नहीं देख सकूँगा?"

कदाचित् उसे विश्वास था, मिनी अब भी वैसी ही होगी। मानो उसने सोचा हो, मिनी अब भी पहले की ही भाँति 'काबुलीवाले, ओ काबुलीवाले' कहती दौड़ी आयेगी। उनकी उस अत्यन्त उत्सुकतापूर्ण पुरानी हँसी-विनोद की बातों में किसी प्रकार का अन्तर नहीं होगा। यही नहीं, पुरानी मित्रता का स्मरण करके वह शायद अपने किसी स्वदेशीय मित्र से माँग-जाँचकर एक डिब्बा अँगूर और कागज के ठोंगे में थोड़े-से किशमिश-बादाम जुटा लाया था। उसकी वह अपनी झोली अब नहीं थी।

---

1. विवाह स्थल का छप्पर।

मैंने कहा, "आज घर में काम है, आज और किसी से भेंट न हो सकेगी।"

वह मानो कुछ दु:खी हुआ। चुपचाप खड़े-खड़े एक बार स्थिर दृष्टि से उसने मेरे मुख की ओर देखा, फिर 'सलाम बाबू' कहकर दरवाजे के बाहर चला गया। मुझे अपने मन में न जाने कैसी एक व्यथा का अनुभव हुआ। सोच रहा था कि उसको वापस बुलवा लूँ, तभी देखा कि वह स्वयं लौटा चला आ रहा है।

पास आकर बोला, "ये अंगूर और थोड़े से किशमिश-बादाम मिनी के लिए लाया था, दे दीजिएगा।"

उन्हें लेकर दाम देने के लिए मेरे तैयार होते ही उसने तुरन्त मेरा हाथ कसकर पकड़ लिया। बोला, "आपकी बड़ी कृपा है, मुझे सदा याद रहेगी। मुझे पैसा मत दीजिए। बाबू, जिस तरह तुम्हारे एक लड़की है, उसी तरह देश में मेरे भी एक लड़की है। मैं उसी का चेहरा याद करके तुम्हारी मिनी के लिए थोड़ी-बहुत मेवा लेकर आया हूँ, सौदा करने नहीं।"

यह कहते हुए उसने अपने ढीले-ढाले कुरते में हाथ डालकर कहीं छाती के पास से मैले कागज का एक टुकड़ा निकाला और बड़े यत्न से उसकी तह खोलकर दोनों हाथों से मेरी टेबिल पर बिछा दिया।

देखा, कागज पर किसी नन्हे हाथ की छाप थी। फोटोग्राफ नहीं, तैलचित्र नहीं, हाथ में थोड़ी-सी कालिख लगाकर कागज के ऊपर उसकी छाप ले ली गयी थी। कन्या के इस *स्मरण-चिह्न*[1] को छाती से लगाये रहमत हर साल कोलकाता की सड़कों पर मेवा बेचने आता, मानो उस सुकोमल नन्हे शिशुहस्त का स्पर्शमात्र उसके विराट् विरही वक्ष में सुधा-संचार करता रहता हो।

देखकर मेरी आँखें छलछला आयीं। वह एक काबुली मेवावाला है और मैं एक सम्भ्रान्तवंशीय बंगाली। उस समय मैं भूल गया। उस समय मैंने समझा कि जो वह है, वही मैं हूँ। वह भी पिता है, मैं भी पिता हूँ। उसकी पर्वत-गृहवासिनी नन्ही पार्वती की उस हस्तछाप ने मुझे भी अपनी मिनी का स्मरण दिला दिया। मैंने तत्काल उसे भीतर से बुलवाया। अन्त:पुर में इस बात पर बहुत-सी आपत्तियाँ की गयीं, किन्तु मैंने उन पर कोई ध्यान न दिया। *लाल चेली*[2] पहने, माथे पर चन्दन लगाये, वधूवेशिनी मिनी सलल्ज भाव से मेरे पास आकर खड़ी हो गयी।

उसको देखकर पहले तो काबुलीवाला सकपका गया, अपना पुराना वार्तालाप नहीं जमा पाया। अन्त में हँसकर बोला, "मिनी, तू ससुराल जायेगी?"

---

1. यादगारी निशानी। 2. बंगाली प्रथानुसार विवाह के अवसर पर वधू को लाल रेशमी वस्त्र पहनाया जाता है, जिसे चेली कहते हैं।

मिनी अब ससुराल का अर्थ समझती थी। इस समय वह पहले के समान उत्तर नहीं दे सकी। रहमत का प्रश्न सुनकर लज्जा से लाल होकर मुँह फेरकर खड़ी हो गयी। जिस दिन काबुलीवाले से मिनी की पहले भेंट हुई थी, मुझे उस दिन की बात याद हो आयी। मन न जाने कैसा *व्यथित*[1] हो उठा।

मिनी के चले जाने पर गहरी साँस लेकर रहमत ज़मीन पर बैठ गया। अचानक उसकी समझ में साफ आ गया कि उसकी पुत्री भी इसी तरह बड़ी हो गयी होगी। उसके साथ भी नया परिचय करना होगा। वह उसे बिलकुल पहले जैसी नहीं मिलेगी। इन आठ वर्षों में उस पर क्या बीती होगी, यह भी भला कौन जानता है। सवेरे के समय शरत्कालीन स्निग्ध सूर्य की किरणों में शहनाई बजने लगी, रहमत कोलकाता की किसी गली में बैठकर अफगानिस्तान के किसी मरुपर्वत का दृश्य देखने लगा।

मैंने एक नोट निकालकर उसे दिया। कहा, "रहमत! तुम अपनी लड़की के पास अपने देश लौट जाओ, तुम्हारा मिलन-सुख मेरी मिनी का कल्याण करे।"

इन रुपयों का दान करने के कारण हिसाब में से उत्सव-समारोह के दो-एक अंग छाँट देने पड़े। जैसी सोची थी, बिजली की वैसी रोशनी नहीं की जा सकी। फौजी बैण्ड भी न आ सका। अन्तःपुर में स्त्रियाँ बड़ा असन्तोष प्रकट करने लगीं, किन्तु मंगल-आलोक से मेरा शुभ-उत्सव उज्ज्वल हो उठा।

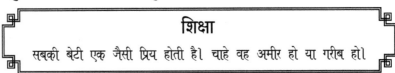

शिक्षा

सबकी बेटी एक जैसी प्रिय होती है। चाहे वह अमीर हो या गरीब हो।

सन्देश

➤ क्रोध में आपा नहीं खोना चाहिए।

➤ किसी पर भी बिना जाने-समझे व्यर्थ की शंका उचित नहीं है।

➤ हम किसी भी देश के निवासी हों, मानवीय भावनाएँ समान होती है।

---

1. दुखी।

सजा

टैगोर के पात्र प्रधानतः ऐसे हैं, जो उन्हें गाँवों की यात्रा करते समय उन्हें मिले।
उनसे मिलने वालों में नर-नारियाँ, लड़के-लड़कियाँ और बच्चे तथा जीवन के
निम्न स्तर से आने वाले लोग और घटनाएँ ऐसी हैं, जो गरीब लोगों की जीवन
कहानी में प्रायः मिलते हैं। वास्तविकता से तनिक भी न हटते हुए इन बातों का
ऐसा चित्रण है कि हम दया, क्रोध, हर्ष और विषाद से भर उठते हैं।

(1)

दम्मी और छदामी कोरी दोनों भाई भोर होते ही जब हँसिया-गँडासा हाथ में पकड़े
काम पर निकले, तब उन दोनों की घरवालियों में खूब जोर का झगड़ा शुरू
हो गया था। आस-पास के लोग स्वभावतः, अनेक प्रकार की खटपट और शोर
की भाँति इस घर के झगड़े और उससे पैदा हुए कोलाहल के आदी[1] बन गये
थे। जोर की चीख-पुकार और औरतों की गाली-गलौज कान में पड़ते ही लोग
आपस में कहने लगते, "लो, हो गयी शुरू।" यानी जैसी कि आशा थी, आज
भी उस कुदरती[2] सिद्धान्त में कोई अन्तर नहीं पड़ा। भोर होते ही पूरब में सूर्य
के उदय होने पर जैसे कोई उसका कारण पूछने की धृष्टता[3] नहीं करता, ठीक
वैसे ही कोरियों के इस घर में जब दोनों गृहिणियों में झगड़ा और गाली-गलौज
शुरू हो जाती, तो फिर उसका कारण जानने के लिए आस-पास के किसी भी
व्यक्ति को किंचित मात्र भी आश्चर्य नहीं होता।

हाँ, इतना अवश्य है कि यह कलह या रोज-रोज का झगड़ा आस-पास के
लोगों की अपेक्षा दोनों भाइयों को बहुत परेशान करता था, इस पर भी वे इसे
विशेष परेशानियों में नहीं गिनते थे। उनके मानसिक भाव ऐसे थे, मानो दोनों
विश्वयात्रा का लम्बा सफर किसी इक्के में बैठकर काट रहे हैं और उसके
बिना कमानी के पहियों के निरन्तर घड़घड़ शब्द को उन्होंने जीवन-यात्रा के
विधि-विहित सिद्धान्तों में ही मिला लिया है, अपितु घर में जिस दिन कोई
शोरगुल नहीं होता, चारों ओर नीरवता-सी[4] ही छायी रहती है, उस दिन किस

---

1. अभ्यस्त। 2. प्राकृतिक। 3. गलती। 4. चुप्पी।

प्रकार की मुसीबत आ जाये, इस बात का कोई अनुमान भी नहीं कर सकता।

हमारी कहानी का कथानक जिस दिन से आरम्भ होता है, उस दिन सन्ध्या को दोनों भाई मेहनत-मजदूरी करके थके-माँदे जब घर लौटे, तो देखा कि घर में सन्नाटे का साम्राज्य है।

बाहर काफी गरमी है। दुपहरिया-भर खूब जोर की वर्षा हुई और अब भी मेघ गरज रहे हैं। हवा का चिह्न तक भी नहीं। वर्षा से घर के चारों ओर का जंगल और घास आदि बहुत ऊँचे-ऊँचे हो गये हैं, वहाँ से पानी में डूबे हुए पटसन के खेत में से दुर्गन्ध-सी निकल रही है और उसने चारों ओर मानो एक चारदीवारी-सी खड़ी कर दी है। गुहाल के पास वाली छोटी-सी तलैया में मेंढक टर्रा रहे हैं और सन्ध्या का *निस्तब्ध*[1] गगन मानो झींगुरों की ध्वनि से बिलकुल पूर्ण-सा हो गया है।

समीप में बरसाती नदी पद्मा नये-नये बादलों से घिरकर और भयानक रूप धारण करके आजादी का रसास्वादन कर रही है। अधिकांश खेती को डुबोकर बस्ती की ओर मुँह बनाये बढ़ रही है। यहाँ तक कि उसने आस-पास के दो-चार आम, कटहल के वृक्षों को उखाड़कर *धरा*[2] पर लिटा दिया है और उनकी जड़ें उसके पानी में से झलक रही हैं। मानो वे अपनी अँगुलियों को गगन में फैलाकर किसी अन्तिम *अवलम्ब*[3] को पकड़ने का प्रयत्न कर रही हों।

दम्मी और छदामी, उस दिन गाँव के जमींदार के यहाँ गार में गये थे। उस पार की रेती पर धान पक गये हैं। वर्षा के पूर्व ही धान काट लेने के लिए देश के निर्धन किसान और मजदूर सब कोई अपने-अपने खेतों के काम पर पटसन काटने में लग गये हैं। केवल इन दोनों कोरियों को जमींदार के *कारिन्दे*[4] जबरदस्ती बेगारी में पकड़कर ले गये थे। जमींदार की कचहरी के छप्परों में से पानी टपक रहा था। उसकी मरम्मत के लिए कुछ और टट्टियाँ बनाने के लिए वे दोनों सारा दिन परिश्रम करते रहे थे। दो टूक कौर पेट में डालने तक का मौका नहीं मिला। कचहरी की ओर से थोड़े से चने खाने को मिल गये थे। इसके अलावा हक की मजूरी मिलनी तो दूर की बात, वहाँ उन्हें गालियाँ और फटकार ही मिलीं। जो उनकी मजूरी से कहीं अधिक ज्यादा थीं।

कीच-गारे में से किसी प्रकार निकल और पानी में होकर बड़ी मुश्किल से दोनों भाई सन्ध्या समय घर पहुँचे? देखा तो, छोटी बहू चन्दा छाती पर आँचल बिछाये चुपचाप औंधी पड़ी है। सावन की बदली की तरह उसने भी दिन-भर आँसू बहाकर आँखों को हलका किया है और अब शान्त होकर हृदय को खूब

---

1. शान्त, चुपचाप। 2. धरती, जमीन। 3. सहारा, आधार। 4. प्रतिनिधि, कर्मचारी।

21

गरम कर रखा है और बड़ी बहू अपना मुँह फैलाये द्वार पर बैठी थी। उसका डेढ़ साल का बच्चा बिलख रहा था। दोनों भाइयों ने जब घर में पैर रखा, तो देखा कि बच्चा नंगा-धड़ंगा चौक में एक ओर औंधा पड़ा सो रहा है।

भूख से व्याकुल दम्मी ने घुसते ही कहा- "उठ, खाने को परोस।" बड़ी बहू राधा एक साथ जोर से बोल उठी, मानो कागज के ढेर में कोई चिनगारी पड़ गयी हो। बोली- "खाने को है क्या, जो परोस दूँ? चावल तू दे गया था? मैं क्या खुद जाकर कमा लाती?"

सारे दिन की थकान और डाँट-फटकार सहने के बाद *निराहार*[1] निरानन्द[2] अन्धेरे में, जलती हुई जठराग्नि पर घरवाली के रूखे शब्द, विशेषकर आखिरी वाक्य का छिपा हुआ व्यंग्योक्ति दम्मी को सहसा न जाने कैसे सहन न हुआ? क्रोधित सिंह की तरह वह चिल्लाकर बोला- "क्या कहा?"

इतना कहकर उसी क्षण हँसिया उठाकर घर वाली के सिर पर दे मारा। राधा अपनी देवरानी के पास जाकर गिर पड़ी और वहीं पर दम तोड़ दिया।

चन्दा के वस्त्र खून से लथपथ हो गये, वह हाय अम्मा, क्या हो गया, कहकर *क्रन्दन*[3] कर उठी। छदामी ने आगे बढ़कर उसका मुँह दाब लिया। दम्मी हँसिया फेंककर गाल पर हाथ रखे *भौचक्के*[4] की तरह पृथ्वी पर बैठ गया। बेटा जग गया और भय के मारे चिल्ला-चिल्लाकर रोने लगा।

बाहर का वातावरण तब तक पूर्णरूप से शान्त था। अहीरों के बालक गाय-भैंस चराकर गाँव को लौट रहे थे। उस पार की रेती पर जो लोग धान काटने गये थे। वे पाँच-पाँच सात-सात की टोली में एक छोटी-सी नाव पर बैठकर, इस पार आकर अपनी मेहनत में दो-चार पूला धान का सिर पर लादे अपने-अपने घर में जा पहुँचे थे।

गाँव के रामलोचन चाचा डाकखाने में पत्र डालकर घर लौट आये थे और सब कामों से निबटकर चुपचाप बैठे तम्बाकू का मज़ा ले रहे थे। एकाएक उन्हें याद आया कि उनके किसान दम्मी पर लगान के कुछ रुपये बाकी हैं, आज के दिन वह देने का वायदा कर गया था। यह सोचकर कि अब वह काम से लौट आया होगा, रामलोचन कन्धे पर दुपट्टा डालकर और हाथ में छतरी लेकर उसके घर की ओर चल दिये।

दम्मी और छदामी के घर में घुसते ही उनके रोंगटे खड़े हो गये। देखा तो घर में दिया तक नहीं जल रहा था। आँगन अन्धेरे से भरा हुआ था और उस अन्धेरे में दो-चार काली छाया-सी अस्पष्ट रूप में दिखायी दे रही थीं। रह-रहकर

---

1. भूखा। 2. बिना आनन्द का। 3. चिल्लाकर रोना। 4. हक्का-बक्का।

बरामदे में से किसी के रोने की आवाज आ रही थी और कोई उसे रोकने का प्रयत्न कर रहा था।

रामलोचन ने तनिक शरमाते हुए पूछा- "दम्मी है क्या?"

दम्मी अब तक *पाषाण-प्रतिमा*[1] के समान चुपचाप बैठा था। अपना नाम सुनते ही वह सिसक-सिसककर अबोध बालक की तरह रोने लगा। छदामी झटपट बरामदे में से उतरकर रामलोचन चाचा के पास आँगन में आ खड़ा हुआ। रामलोचन ने पूछा- "औरतें कलह करके मुँह फुलाये पड़ी होंगी, इसी से अन्धेरा है, क्यों? आज तो दिन-भर चिल्लाती ही रही हैं।"

छदामी अभी तक क्या करना चाहिए, इस निर्णय पर नहीं पहुँच पाया था। अनेक प्रकार की असम्भव कल्पनाएँ उसके मस्तिष्क में चक्कर काट रही थीं। अभी तक वह इसी निश्चय पर पहुँचा था कि कुछ रात बीतने पर राधा की लाश को कहीं गायब कर देगा। इसी बीच में चौधरी चाचा आन टपके, जिसकी उसे स्वप्न में भी आशा न थी। तुरन्त ही उसे कोई जवाब न सूझा। कह बैठा- "हाँ, आज बहुत झगड़ा हो गया।"

चौधरी रामलोचन बरामदे की ओर बढ़ते हुए बोले- "इसके लिए दम्मी क्यों आँसू बहा रहा है?"

छदामी ने देखा कि अब बचने की कोई आशा नहीं, तो कह उठा- "लड़ते-लड़ते छोटी बहू के माथे पर हँसिया मार दिया है।"

इनसान आयी हुई मुसीबत को ही बड़ा समझता है, उसके अलावा और भी कोई मुसीबत आ सकती है, यह बात शीघ्र ही उसके दिमाग में नहीं घुस पाती। छदामी उस समय इसी सोच में पड़ा हुआ था कि इस भयानक *अपराध-कृत*[2] के पंजे से कैसे छुटकारा मिले? लेकिन झूठ उससे भी बढ़कर मुसीबत खड़ी कर सकता है, इस बात का उसे तनिक भी ध्यान न था। रामलोचन के पूछते ही तुरन्त ही उसके दिमाग में जो उत्तर सूझा, वही उसने कह डाला। रामलोचन ने चौंककर पूछा-"एं, क्या कहा! मरी तो नहीं?"

छदामी ने उत्तर दिया- "मर गयी!" इतना कहकर उनके पाँवों पर गिर पड़ा।

चौधरी महाशय बड़े असमंजस में फँस गये। सोचा कि भगवान ने न जाने सन्ध्या समय कौन-सी मुसीबत में फँसा दिया? कचहरी में गवाही देते-देते प्राण *खुश्क*[3] हो जायेंगे। छदामी ने किसी प्रकार भी उनके चरणों को नहीं छोड़ा, बोला, "चौधरी चाचा, अब मैं बहू के बचाने के लिए क्या करूँ?"

---

1. पत्थर की मूर्ति। 2. सजा, अपराध। 3. सूख।

अभियोग के विषय में परामर्श देने में चौधरी रामलोचन गाँव भर के प्रधानमन्त्री थे। उन्होंने तनिक विचारकर कहा– "देख, एक काम कर। तू अभी दौड़ जा थाने में, कहना कि मेरे बड़े भाई दम्मी ने शाम पीछे घर आकर खाने को माँगा था। खाना तैयार नहीं था, सो उसने अपनी बहू के माथे पर हँसिया मार दिया है। मैं ठीक बता रहा हूँ। ऐसा करने से तेरी बहू बच जायेगी।"

छदामी का कण्ठ सूखने लगा। उठकर बोला– "चौधरी चाचा, बहू तो और मिल जायेगी, लेकिन भाई को फाँसी हो जाने पर फिर भाई नहीं मिल सकेगा। जब उसने अपनी घर वाली के माथे पर दोष मढ़ा था, तब उसने यह बातें नहीं सोची थीं। भय के कारण एक बात मुँह से निकल गयी, अब *आशंकित*[1] विचारों से उसका मन अपने लिए *युक्तियाँ*[2] एकत्रित करने लगा।

चौधरी ने भी उसकी बात को युक्तिसंगत माना, बोले– "तब फिर जैसा हुआ है, वैसा ही कहना। सब ओर से बचाव होना तो बहुत कठिन है, छदामी।" इतना कहकर रामलोचन वहाँ से चल दिये और देखते-देखते सारे गाँव में इस बात की चर्चा हो गयी कि कोरियों के घर की छोटी बहू ने गुस्से में बड़ी बहू को हँसिया दे मारा है।

बाँध टूटने पर जैसे ही बाढ़ आ जाती है, उसी प्रकार कोरियों के घर पुलिस आ धमकी। अपराधी और निरपराधी उन्हें देखकर घबरा उठे।

(2)

छदामी ने निर्णय किया कि जिस राह को उसने अपनाया है, उसी पर चलना ठीक होगा, क्योंकि उसने चौधरी चाचा के सामने जो बात कह डाली है, उसे गाँव का बच्चा-बच्चा जान गया है। अब यदि और कोई बात कही जाये, तो न जाने उसका क्या नतीजा निकले?

उसकी बुद्धि मारी गयी। उसने अपनी बहू चन्दा से अनुरोध किया कि वह इस बात को अपने ऊपर ले ले। सुनते ही उस पर मानो ज्वालामुखी का पहाड़ फट पड़ा। दम्मी ने उसे धीरज बँधाते हुए कहा– "अरी पगली! ऐसा करने में किसी बात का डर नहीं है, हम लोग तुझे जरूर बचा लेंगे।" चन्दा को धीरज बँधा तो सही,पर उसका गला सूख गया और चेहरे का रंग पीला पड़ गया।

चन्दा की आयु सत्रह-अठारह वर्ष के लगभग होगी। चेहरा भरा हुआ और गोल-मटोल बदन, मँझोला और गठा हुआ अंग-प्रत्यंग *सौष्ठव*[3] से परिपूर्ण, चाल अति सुन्दर, आस-पास के लोगों के घर जाकर गप-शप करना उसकी दिनचर्या थी और बगल में पानी की गागर लिये पनघट जाते समय वह दो अँगुलियों से अवगुण्ठन में तनिक-सा छिद्र करके चमकीली चंचल काली आँखों से जो कुछ

---

1. आशंका। 2. उपाय। 3. शारीरिक बनावट की सुघड़ता।

देखने लायक वस्तु होती है, उसे देख लिया करती।

बड़ी बहू ठीक इससे उलटी थी। आलसिन, फूहड़ और बेशऊर¹ सिर का कपड़ा, गोद का बच्चा, घर का काम कुछ भी उससे न सम्भलता था। हाथ में न तो कोई खास काम-काज होता और न फुरसत। छोटी बहू उससे अधिक कुछ कहती-सुनती न थी। हाँ, मीठे स्वर में ही दो-एक पैने दाँत गड़ा देती और हाय-हाय, ही-ही करके क्रोध में बकती-झकती रहती और इस प्रकार मुहल्ले भर की नाक में दम करती रहती।

पर इन दो गृहस्थियों में भी स्वभाव की आश्चर्यजनक एकता थी। दम्मी देह में कुछ लम्बा-चौड़ा, हट्टा-कट्टा है। चौड़ी हड्डियाँ, भद्दी नासिका, दुनिया से अनभिज्ञ आँखें। ऐसा भोला-भाला, किन्तु उससे भयानक रूप वाला कोई बिरला ही होगा।

और छदामी ऐसा लगता था जैसे किसी काले पत्थर को बड़ी मेहनत से कोंदकर² कोई प्रतिमा तैयार की गयी हो।

तनिक भी कहीं बाहुल्य एवं समानता नहीं। उसका प्रत्येक अंग स्थूल एवं शक्ति से परिपूर्ण था। चाहे तो ऊँची चट्टान से नीचे कूद पड़े, चाहे किसी पेड़ की टहनियों को एकदम तोड़ कर रख दे। हरेक कार्य में उसके चातुर्य की स्पष्ट झलक दिखायी देती थी। वह बड़े-बड़े काले बालों को तेल में डुबोकर बड़े जतन से कन्धे तक लटकाये रहता था।...इससे स्पष्ट था कि वह अपनी देह की सजावट में विशेष ध्यान रखता है।

अन्य ग्रामवासियों के सौन्दर्य की ओर से वास्तव में वह उदासीन न था, फिर भी वह अपनी घरवाली को बहुत चाहता था। दोनों में झगड़ा भी होता और मेल-जोल भी। कोई किसी को हरा नहीं पाता था? दोनों ही अनेक दावों को खेलते हुए जीवन की डगर में आगे बढ़े चले जा रहे थे।

इस दुर्घटना के कई दिन पहले से दम्पत्ति में बहुत अधिक तनातनी चल रही थी। बात यह थी कि चन्दा ने देखा कि उसका घरवाला छदामी काम के बहाने कभी-कभी दूर चला जाता। यहाँ तक कि दो-एक दिन बाहर बिताकर घर लौटता और कुछ कमा-धमाकर लाता नहीं। उसके बुरे लक्षणों के कारण चन्दा उस पर कड़ी नजर रखने लगी और ज्यादती भी करने लगी। उसने भी पनघट³ पर चक्कर काटने शुरू कर दिये और मोहल्ले भर में अच्छी तरह घूम-फिरकर घर आकर काशीप्रसाद के मँझले बेटे की बहुत प्रशंसा करने लगी।

इससे परिणाम यह निकला कि छदामी के दिन और रातों में मानो किसी ने विष घोल दिया? काम-धन्धों में उसे पल-भर के लिए चैन नहीं पड़ता। इसके

---

1. बिना ढंग का। 2. गढ़कर। 3. पानी का घाट, जहाँ से पानी भरकर लाते है।

लिए उसने एक बार भाभी को खूब डाँटा-फटकारा। जवाब में भाभी ने खूब हाथ हिलकार, *झमक-झमककर*[1] उसके स्वर्गीय बाप को सम्बोधन करके कहना शुरू कर दिया- "वह औरत आँधी के आगे-आगे भागती है, उसे मैं सम्हालूँ। मैं तो सब कुछ समझती हूँ, किसी दिन खानदान की आबरू मिट्‌टी में मिला देगी!"

बगल के कोठे में चन्दा बैठी थी। उसने बाहर आकर धीमे स्वर में कहा- "दीदी, तुम्हें इतना डर क्यों है?" बस फिर क्या था, दोनों में महाभारत छिड़ गयी।

छदामी ने गुर्राकर कहा- "देख, अबकी अगर सुना कि तू अकेली पनघट पर गयी है, तो तेरी हड्‌डी-पसली एक कर दूँगा।"

चन्दा ने *भभककर*[2] कहा- "तब तो मेरा कलेजा ही ठण्डा जो जायेगा।" और कहती हुई वह बाहर जाने को तैयार हो गयी।

छदामी ने उसकी चुटिया घसीटकर उसे कोठे के भीतर धकेल दिया और बाहर से दरवाजे में ताला डाल दिया।

सन्ध्या समय जब छदामी घर लौटा तो देखा कि कोठा खुला पड़ा है, उसमें कोई भी नहीं है। चन्दा तीन गाँव लाँघकर सीधी अपनी नानी के घर पहुँच गयी है।

छदामी बड़ी मुश्किल से घरवाली को मनाकर वहाँ से घर वापस ले आया और अबकी बार उसने हार मान ली और फिर उसने किसी प्रकार की उससे जबरदस्ती नहीं की, लेकिन उसका मन अशान्त रहने लगा। घरवाली के प्रति शंका के भाव उसके हृदय में शूल बनकर गड़ने लगे और जब कभी वह उसकी तीव्र पीड़ा से अधिक बेचैन हो जाता, तो उसकी इच्छा होती कि काश, यह मर जाये तो पिण्ड छूटे। इनसान से इनसान को जितनी ईर्ष्या या जलन होती है, उतनी सम्भवतः यमराज को भी नहीं।

इसी बीच घर में यह दुर्घटना घट गयी।

चन्दा से जब उसके घरवाले ने हत्या का दोष ले लेने के लिए कहा, तो वह भौंचक्की होकर देखती रह गयी। उसकी कजरारी आँखें अग्नि के समान छदामी को जलाने लगीं। उसकी सारा शरीर और मन संकुचित होकर इस राक्षस के पंजे से निकलकर भागने का प्रयत्न करने लगा। उसकी *अन्तर्रात्मा*[3] विमुख होकर अपने ही घरवाले के प्रति विद्रोह कर बैठी।

छदामी ने बहुतेरा उसको ढाढ़स बँधाया कि तेरे डरने की कोई बात नहीं है। इसके बाद उसने थाने में और अदालत में जज के सामने उसे क्या कहना होगा, बार-बार सिखा-पढ़ाकर सब ठीक-ठाक कर दिया, लेकिन चन्दा ने लम्बा-चौड़ा

---

1. झूम-झूमकर, चमका-चमकाकर। 2. क्रोधित होकर। 3. भीतर का मन।

उसका व्याख्यान बिलकुल भी नहीं सुना। वह पाषाण-प्रतिमा के समान वहाँ चुपचाप बैठी रही।

सभी कामों में 'दम्मी' छदामी के भरोसे रहता है। छदामी ने जब चन्दा पर सारा दोष गढ़ने की बात कहीं, तो दम्मी ने पूछा– "फिर बहू का क्या होगा?"

छदामी ने कहा– "उसे मैं बचा लूँगा।"

भाई की बात सुनकर हाँ-हाँ कर दम्मी निश्चिन्त हो गया।

(3)

छदामी ने चन्दा को सिखा दिया था कि तू कहना– 'दीदी मुझे हँसिया लेकर मारने आयी थी, सो मैं भी हँसिया लेकर उसे रोकने लगी। अचानक वह उसके लग गया।' ये सब बातें चौधरी रामलोचन की बनायी हुई थीं। इनके अनुकूल जिन-जिन बातों और सबूतों की आवश्यकता थी, वह सब बातें भी उन्होंने विस्तार से छदामी को समझा दी थीं।

पुलिस ने आकर जोरों से *तहकीकात*[1] करनी शुरू कर दी। लगभग सभी आस-पास के लोगों के मन में यह बात घर कर गयी थी कि चन्दा ने ही जिठानी की हत्या की है। सभी गाँव वालों के बयानों से ऐसा ही सिद्ध हुआ। पुलिस की ओर से चन्दा से जब पूछा गया तो उसने कहा– "हाँ, मैंने ही खून किया।"

"क्यों खून किया?"

"मुझसे वह डाह रखती थी।"

"कोई झगड़ा हुआ था?"

"नहीं।"

"वह तुम्हें पहले मारने आयी थी?"

"नहीं।"

"तुम पर किसी किस्म का अत्याचार किया था?"

"नहीं।"

इस प्रकार का उत्तर सुनकर सब देखते रह गये।

छदामी एकदम घबरा गया। बोला– "यह ठीक नहीं कह रही है। पहले बड़ी बहू..."

---

1. खोजबीन 2. पूछताछ, बहस, सवाल-जवाब।

थानेदार ने उसे डाँटकर चुप करा दिया। अन्त तक अनेक बार *जिरह*[1] करने पर भी वही एक प्रकार का उत्तर मिला। बड़ी बहू की ओर से किसी प्रकार का हमला होना चन्दा ने किसी प्रकार भी स्वीकार नहीं किया?

ऐसी जिद्दी औरत शायद ही कहीं देखने में आती हो। वह तो जी-जान से कोशिश करके फाँसी के तख्ते की ओर झुकी जा रही है, किसी भी तरह रोके नहीं रुकती? यह कैसा रूठना है? चन्दा शायद मन-ही-मन कह रही थी कि मैं तुम्हें छोड़कर अपनी जवानी को लेकर फाँसी के तख्ते पर चढ़ जाऊँगी, फाँसी की रस्सी को गले लगाऊँगी, मेरे इस जन्म का आखिरी बन्धन उसी के साथ है।

बन्दिनी होकर चन्दा, फिर परिचित गाँव के रास्ते से, जगन्नाथ जी के शिवालय के पास से, बीच बाजार से, घाट के तट से, मजमूदारों के घर के सामने से, डाकखाना और स्कूल के बगल से, सभी परिचित लोगों की आँखों के सामने से कलंक का दाग माथे पर लगाकर सदैव के लिए घर छोड़कर चली गयी। गाँव के बालकों का एक झुण्ड पीछे-पीछे चला जा रहा था और गाँव की औरतें, उसकी सखी-सहेलियाँ, कोई घूँघट की सेंध में से, कोई दरवाजे की बगल में से और कोई वृक्ष की ओट में से सिपाहियों से घिरी चन्दा को जाती देख लज्जा से, घृणा से और भय से रोमांचित हो उठीं।

डिप्टी मजिस्ट्रेट के सामने चन्दा ने अपना ही दोष स्वीकार किया और दुर्घटना से पहले बड़ी बहू ने उस पर किसी प्रकार की ज्यादती या जुल्म किया था, यह बात उसके मुँह से किसी प्रकार निकली ही नहीं?

पर छदामी उस दिन गवाह के कचहरी पहुँचते ही रो दिया, और हाथ जोड़कर बोला- "दुहाई है हुजूर! मेरी बहू का कोई कसूर नहीं?" हाकिम ने रोबीले स्वर में उसे रोककर प्रश्न करना शुरू किया। उसने एक-एक करके सारी की सारी वारदात कह सुनायी।

पर हाक़िम ने उसकी बात का विश्वास नहीं किया। कारण, गाँव के चौधरी रामलोचन ने गवाह रूप में कहा- "खून होने के थोड़ी देर बाद मैं इनके घर पहुँचा था। गवाह छदामी ने सब बातें कबूल करके मेरे पैरों में गिरकर कहा था कि बहू को किस प्रकार बचाऊँ, कोई सलाह दीजिए। गवाह ने मुझसे कहा कि मैं यदि कहूँ कि मेरे बड़े भाई ने खाने को माँगा था, सो उसने दिया नहीं, इस पर गुस्से में आकर भाई ने अपनी घरवाली पर हँसिया का वार किया, जिससे

---

1. पूछताछ, बहस, सवाल-जवाब।

उसने उसी समय दम तोड़ दिया, तो वह बच जायेगा।" मैंने कहा- "खबरदार हरमजादे! अदालत में एक कथन भी झूठ का न बोलना। इससे बढ़कर महापाप और नहीं है..."

रामलोचन ने पहले चन्दा को बचाने के लिए बहुत-सी बातें बना ली थीं, किन्तु जब देखा कि चन्दा खुद ही अड़कर फँस रही है, तब सोचा कि कहीं मुझे ही झूठे जुल्म की गवाही में न फँसना पड़े। इससे जितना जानता हूँ, उतना ही कहना अच्छा है। यह सोचकर उन्होंने उतना ही कहा और उस कहने में किसी प्रकार की कोई कसर उठाकर न रखी।

डिप्टी मजिस्ट्रेट ने केस को सेशन के सुपुर्द कर दिया।

इस बीच में खेतीबारी, हाट बाजार, रोना-हँसना आदि संसार के सभी काम चलने लगे। पहले के समान सारे धान के खेतों में सावन के मेघ बरस उठे।

पुलिस मुल्जिम और गवाहों को लेकर सेशन जज की अदालत में पहुँची। *इजलास*[1] लगा हुआ था। बहुत से लोग अपने-अपने मुकदमे की *पेशी*[2] की इन्तजारी में बैठे थे। कोई मुकदमा चल रहा था। छदामी ने खिड़की में से झाँककर रोजमर्रा की इस आकुल-व्याकुल दुनिया को एक नजर से देखा। सब कुछ उसे सपना मालूम हुआ। अदालत के अहाते के भीतर के वटवृक्ष पर से एक कोयल कूक उठी।

अपनी इस पेशी पर चन्दा से झुँझला कर जज ने कहा-"तुम जिस दोष को अपने सिर पर ले रही हो, उसकी सजा जानती हो, क्या है?"

चन्दा ने कहा-"नहीं।"

जज ने मुस्कराते हुए कहा-"फाँसी यानी मौत।"

उसे सुनते ही चन्दा के होश उड़ गये। उसने गिड़गिड़ाते हुए कहा-"साहब आपके पैरों पड़ती हूँ, मुझे यही सजा दो। मुझसे अब दुनिया की बातें सही नहीं जातीं।"

जब छदामी को अदालत में पेश किया गया, तो चन्दा ने उसकी ओर से मुँह फेर लिया।

जज ने पूछा- "गवाह की ओर देखकर बताओ, यह तुम्हारा कौन लगता है?"

चन्दा ने अपने मुँह को हाथों से ढककर कहा-"यह मेरा घरवाला है साहब!"

जज-"तुम्हें यह चाहता है?"

---

1. न्यायालय। 2. प्रस्तुति।

चन्दा–"बहुत ज़्यादा हुजूर।"

जज–"तुम उसे नहीं चाहतीं क्या?"

चन्दा–"बहुत ज्यादा चाहती हूँ हुजूर।"

तभी छदामी ने बीच में ही कहा–"हुजूर, खून तो मैंने किया है।"

जज ने प्रश्न किया–"क्यों?"

छदामी ने कहा–"खाने को माँगा था, सो उसने दिया नहीं।"

दम्मी जब गवाही देने आया बेहोश होकर गिर पड़ा। होश आने पर उसने कहा–"हुजूर! खून तो मैंने किया है।

"क्यो?"

"भात माँगा था, सो उसने दिया ही नहीं।"

बहुत जिरह और गवाहों के बयान के बाद जज ने साफ-साफ़ समझ लिया कि घर की बहू को फाँसी से बचाने के लिए दोनों भाई अपराध स्वीकार कर रहे हैं। लेकिन चन्दा थाने से लेकर सेशन अदालत तक एक ही बात बराबर कहती आ रही थी। उसकी बात में तनिक भी कहीं अन्तर नहीं पड़ा। दो वकीलों ने *स्वतः-प्रवृत्त*[1] होकर उसे फाँसी के फन्दे से बचाने का बहुत प्रयत्न किया, लेकिन अन्त में उन्हें हार माननी पड़ी।

जिस दिन तनिक-सी आयु में एक काली-काली छोटी-मोटी लड़की अपना गोल-मोल चेहरा लिये, गुड्डा-गुड़िया फेंककर अपने माता-पिता का संग छोड़कर ससुराल आयी थी, उस दिन रात को शुभ लग्न के वक्त आज दिन की कौन सोच सकता था? उसके पिता ने अन्तिम समय में यह कहा था कि खैर, कुछ भी हो मेरी लड़की तो ठीक-ठिकाने से लग गयी।

फाँसी से पूर्व, जेलखाने में सिविल सर्जन ने चन्दा से पूछा–"किसी को देखने की इच्छा हो तो बोलो?"

चन्दा ने उत्तर दिया–"बस एक बार अपनी माँ को देखना चाहती हूँ।"

सिविल सर्जन ने पुनः कहा–"तुम्हारा घरवाला तुमसे मिलना चाहता है, उसे बुलवा लिया जाये।"

चन्दा ने उद्विग्न होकर कहा–"उहूँ हूँ, उसे मौत भी नहीं आयी।"

---

1. स्वयं ही कार्य कर।

शिक्षा

कभी-कभी बचाव का गलत तरीका निर्दोष व्यक्ति को भी अपराधी सिद्ध कर देता है।

सन्देश

➢ क्रोध अनर्थ की जड़ है, अत: क्रोध से बचो।

➢ गृह–कलह अनेक समस्याओं का जन्मदाता है, अत: पारिवारिक प्रेम बनाये रखो।

➢ जहाँ सुमति तहँ सम्पत्ति नाना; जहाँ कुमति तहँ बिपति निधाना।

शरत् चन्द्र चटोपाध्याय

जन्म: 15 सितम्बर 1876
मृत्यु: 16 जनवरी 1938

बँगला भाषा के महान् साहित्यकार शरत् चन्द्र का जन्म पश्चिम बंगाल में हुगली जिले के देवनन्द पुर गाँव में सन् 15 सितम्बर 1876 में हुआ था। वे अत्यन्त गरीबी में पैदा हुए थे। उनके परिवार को आर्थिक रूप से अन्य सदस्यों से मदद मिलती थी।

पैसे (धन) के अभाव में इनके पिता ने देवनन्द पुर वाले घर को 225 रुपये में बेच दिया, जिसके कारण इन्हें स्कूल भी छोड़ना पड़ा। इसके बाद इनके पूरे परिवार को बिहार प्रान्त के भागलपुर शहर में आना पड़ा। शरत् चन्द्र ने 1894 में मैट्रिक शिक्षा तेजनारायण जयन्ती कालेज भागलपुर में शुरू की। यहाँ इनका सम्पर्क ऐसे लोगों से हुआ, जिन्होंने इनके लेखन को प्रभावित किया, जैसे- अनुपमा (जो बाद में निरुपमा देवी के नाम से प्रसिद्ध हुईं), इनके भाई विभूतिभूषण भट्ट और राजेन्द्रनाथ मजूमदार।

इनके पिता भी लेखक थे, उन्होंने भी बहुत कुछ लिखा था, किन्तु वह प्रकाशित नहीं हो सका। अपने पिता के लेखन कार्य से शरत् चन्द्र को बहुत प्रेरणा मिली। 1894 में बच्चों की एक हस्तलिखित पत्रिका 'शिशु' में इनकी दो

कहानियाँ–'काक भाषा' और 'काशीनाथ' प्रकाशित हुईं। इसी बीच दुर्भाग्यवश 1895 में इनकी माँ का देहान्त हो गया। शरत् चन्द्र वैसे तो जीविका के लिए छोटे-मोटे काम करते रहे, किन्तु पिता से अनबन होने के कारण घर त्याग दिया और नागा साधुओं के समाज में शामिल हो गये। तथा मुजफ्फर पुर (बिहार) चले गये।

सन् 1902 में उनके पिता की मृत्यु होने पर अन्तिम-संस्कार के लिए भागलपुर लौटे। वहाँ से वे कोलकाता चले आये और 30 रुपये मासिक वेतन पर नौकरी शुरू की। किन्तु एक वर्ष बाद अर्थात् 1903 में बर्मा की राजधानी रंगून और वहाँ से म्यांमार चले गये। इसके पूर्व अपने चाचा सुरेन्द्रनाथ के अनुरोध पर एक प्रतियोगिता के लिए इन्होंने अपनी एक कहानी 'मन्दिर' भेजा और उन्हें प्रथम पुरस्कार मिला। इस कहानी को बाद में (1904 में) शरत् चन्द्र ने अपने चाचा के नाम से ही प्रकाशित कराया। इसके अतिरिक्त अपनी बड़ी बहन अनिला देवी और अनुपमा के नाम से भी 'यमुना' नामक पत्रिका में अनेक कहानियाँ छपवायीं।

शरत् चन्द्र ने 1906 में शान्ति देवी से विवाह किया। सन् 1907 में इन्हें एक पुत्र भी हुआ, किन्तु दोनों की मृत्यु 1908 में प्लेग के कारण हो गयी। 1910 ई. में 'मोक्षदा' नामक विधवा से उन्होंने दूसरा विवाह किया, जिसका नाम बदल कर 'हिरण्यमयी' रखा।

काफी संघर्षपूर्ण जीवन व्यतीत करने वाले शरत् चन्द्र ने कोलकाता में 1916 में लोकलेखा विभाग में स्थायी रोजगार प्राप्त किया और वहीं रहकर नियमित रूप से लेखन कार्य जारी रखा। शरत् चन्द्र की एक लम्बी कहानी 'बड़ी दीदी' दो किश्तों में 'भारती' पत्रिका में प्रकाशित हुई। इसके साथ ही वे एक उल्लेखनीय उपन्यासकार के रूप में विख्यात् हो गये। वे बँगला उपन्यासकार बँकिमचन्द्र से काफी प्रभावित थे।

शरत् चन्द्र की कहानियाँ उनके बारे में स्वयं बोलती हैं। अत्यन्त गरीबी में पलने के बावजूद उनके लेखन स्तर में अत्यन्त उत्कृष्टता और उच्चता है। उनकी रचनाएँ कहानी के पात्र व परिवेश के इर्दगिर्द ही घूमती हैं। शरत् चन्द्र 20वीं सदी के अग्रणी बँगला लेखक रहे हैं। इनकी रचनाओं का दूसरी भाषाओं में भी अनुवाद किया गया तथा फिल्में भी बनायी गयीं। 1936 ई. में ढाका विश्वविद्यालय ने उन्हें डी.लिट की मानद डिग्री प्रदान की।

16 जनवरी 1938 ई को 61 वर्ष की आयु में कोलकाता के पार्क नर्सिंग होम में कैंसर की बीमारी के कारण उनका निधन हो गया। पूरा बंगाल उनके शोक में डूब गया।

रचनाएँ: शरत् चन्द्र ने अनेक उपन्यास और निबन्ध लिखे, जिनमें से निम्नलिखित हैं–

उपन्यास: देवदास, परिणीता, विराजबहू, श्रीकान्त, बड़ी बहन, पाली समाज, चरित्रहीन आदि।

3

बाल्य-स्मृति

शरत् चन्द्र चटर्जी (चटोपाध्याय) अपनी कहानियों और उपन्यासों में स्वयं को ही बोलते हैं। वे गरीबी में जन्मे, बढ़े और पले। शरत् चन्द्र ऐसे बँगला लेखक थे, जो गरीबी की मार झेलने के बावजूद अपनी रचनात्मक प्रतिभा से पूरे देश में उभर आये और एक श्रेष्ठ बँगला रचनाकार के रूप में प्रसिद्ध हुए। उनकी रचनाएँ निजी अनुभव की देन हैं। उनकी रचनाओं का अनेक भाषाओं में अनुवाद हुआ।

(1)

नामकरण-संस्करण के समय या तो मैं ठीक तौर से तैयार नहीं हो पाया था या फिर बाबा का ज्योतिष-शास्त्र में विशेष *दख़ल*[1] न था, किसी भी कारण से हो, मेरा नाम 'सुकुमार' रखा गया। बहुत दिन न लगे, दो ही चार साल में बाबा समझ गये कि नाम के साथ मेरा कोई मेल नहीं मिलता। अब मैं बारह-तेरह वर्ष बाद की बात कहता हूँ। हालाँकि मेरे आत्म-परिचय की सब बातें कोई अच्छी तरह समझ नहीं सके, फिर भी...

सुनिए, हम लोग गँवई-गाँव के रहने वाले हैं। बचपन से ही मैं वहीं रहता आया हूँ। पिता जी पछाँह में नौकरी करते थे। मेरा वहाँ बहुत कम जाना होता था, नहीं के बराबर। मैं दादी के पास गाँव ही में रहा करता। घर में मेरे *ऊधम*[2] की कोई हद न थी। एक वाक्य में कहा जाये, तो यूँ कहना चाहिए कि मैं एक छोटा-सा रावण था। बूढ़े बाबा जब कहते, 'तू कैसा हो गया है? किसी की बात ही नहीं मानता। अब मैं तेरे बाप को चिट्ठी लिखता हूँ।' तो मैं जरा हँसकर कहता, 'बाबा! वे दिन अब लद गये, बाप की तो चलायी क्या, अब मैं बाप के बाप से भी नहीं डरता।' और कहीं दादी मौजूद रहतीं, तो फिर डरने ही क्यों लगा। बाबा को ही वे कहतीं, 'क्यों, कैसा जवाब मिला? और छेड़ोगे उसे?'

बाबा अगर नाराज़ होकर बाबू जी को चिट्ठी भी लिखते, तो उसी वक्त उनकी अफीम की डिबिया दुबका देता, फिर जब तक उनसे चिट्ठी फड़वाकर फिंकवा न देता, तब तक अफीम की डिबिया न निकालता। इन सब *औठ-पाँवों*[3] के डर से, खासकर नशे की *तलब*[4] में *खलल*[5] पड़ जाने से, फिर वे मुझसे कुछ नहीं कहते। मैं भी मौज करता।

---

1. अधिकार, ज्ञान, जानकारी। 2. धमाचौकड़ी, शैतानी। 3. चालबाजियों।
4. इच्छा, चाहत। 5. विघ्न, बाधा।

पर सभी सुखों की आख़िर एक सीमा है। मेरे लिए भी वही हुआ। बाबा के चचेरे भाई गोबिन्द बाबू इलाहाबाद में नौकरी करते और वहीं रहते थे। अब वे पेंशन लेकर गाँव में आकर रहने लगे। उनके नाती श्रीमान् रजनीकान्त भी बी.ए. पास करके उनके साथ आये। मैं उन्हें 'सँझले भइया' कहता। पहले मुझसे उनका विशेष परिचय नहीं था। वे इस तरह बहुत कम आते थे और उनका मकान भी अलग था। कभी आते भी, तो मेरी ओर ज्यादा ध्यान नहीं देते। कभी सामना हो जाता, तो 'क्यों रे, क्या करता है, क्या पढ़ता है' के सिवा और कुछ नहीं कहते।

अबकी बार जो वे आये, तो गाँव में जमकर बैठे और मेरी ओर ज़्यादा ध्यान देने लगे। दो-चार दिन की बातचीत से ही उन्होंने मुझे ऐसा बस में कर लिया कि उन्हें देखते ही मुझे डर-सा हो जाता, मुँह सूख जाता, छाती धड़कने लगती, जैसे मैंने कोई भारी कसूर[1] किया हो और उसकी न जाने कितनी सज़ा मिलेगी!...और इसमें तो कोई शक ही न था कि उन दिनों मुझसे अकसर क़सूर हुआ करता। हर वक़्त कुछ-न-कुछ शरारत मुझसे होती ही रहती। दो-चार करने के काम और दो-चार औठ-पाँव किये बिना मुझे चैन कहाँ?

इतना डरने पर भी भइया को मैं चाहता खूब था। भाई-भाई को इतना मान सकता है, यह मुझे पहले मालूम नहीं था। वे भी मुझे खूब प्यार करते थे। उनके निकट भी मैं कितनी ही शरारतें, कितने ही कसूर करता था, किन्तु वह कुछ कहते नहीं थे और कुछ कहते भी, तो मैं समझता कि बड़े भइया ठहरे, थोड़ी देर बाद भूल जायेंगे, उन्हें याद थोड़े ही रहता है।

अगर वह चाहते, तो शायद मुझे सुधार सकते, पर उन्होंने कुछ भी नहीं किया। उनके देश आ जाने से मैं पहले की तरह स्वाधीन तो न रहा, पर फिर भी जैसा हूँ, मज़े में हूँ।

रोज बाबा की तम्बाकू चुराकर पी जाता। बूढ़े बाबा कभी खाट के सिरहाने, कभी तकिये की खोली के भीतर, कभी कहीं, कभी कहीं, तम्बाकू छिपा रखते, पर बन्दा ढूँढ़-ढाँढ़कर निकाल ही लेता और पी जाता। खाता-पीता मस्त रहता, मौज से कटती। कोई झँझट नहीं, पढ़ना-लिखना तो एक तरह से छोड़ ही दिया समझो। बाग में जाकर चिड़ियाँ मारता, गिलहरियाँ मारकर भूनकर खाता, जंगल में जाकर गड्ढों-गड्ढों में खरगोश ढूँढता फिरता, यही मेरा काम था। न किसी का कोई डर, न कोई फ़िकर[2]।

पिता जी बक्सर में नौकरी करते। वहाँ से न मुझे वे देखने आते और न मारने आते। बाबा और दादी का हाल मैं पहले ही कह चुका हूँ। लिहाजा[3] एक वाक्य

---

1. अपराध। 2. चिन्ता। 3. अन्तत:।

में यूँ कहना चाहिए कि 'मैं मज़े में था।'

एक दिन दोपहर को घर आकर दादी के मुँह से सुना कि मुझे *सँझले*[1] भइया के साथ कोलकाता में रहकर पढ़ना-लिखना पड़ेगा। आराम से भरपेट खा-पीकर हुक्का भरकर मैं बाबा के पास पहुँचा और बोला, "बाबा, मुझे कोलकाता जाना पड़ेगा?"

बाबा ने कहा, "हाँ।"

मैंने पहले ही सोच रखा था कि यह सब बाबा की चालाकी है। इसलिए कहा, "यदि जाऊँगा, तो आज ही जाऊँगा।"

बाबा ने हँसते हुए कहा, "इसके लिए चिन्ता क्यों करते हो बेटा? रजनी आज ही कोलकाता जायेगा। मकान ठीक हो गया है, सो आज ही तो जाना होगा।"

मैं आग-बबूला हो उठा। एक तो उस दिन बाबा की छिपायी हुई तम्बाकू ढूँढ़ने पर भी नहीं मिली, जो एक चिलम मिली थी वह मेरी एक फूँक के लिए भी नहीं थी, उस पर यह चालाकी! परन्तु मैं ठगा गया था। अपने-आप *कबूल*[2] करके, फिर पीछे कैसे हटूँ? लिहाज़ा उसी दिन मुझे कोलकाता के लिए रवाना होना पड़ा। चलते वक़्त बाबा के पैर छुए और मैं मन-ही-मन बोला-भगवान् करें, कल ही तुम्हारे क्रिया-कर्म में घर लौट आऊँ। उसके बाद फिर मुझे कौन कोलकाता भेजता है, देख लूँगा।

कोलकाता में मैं पहले-पहल ही आया। इतना बड़ा शहर मैंने पहले कभी नहीं देखा था। मैंने मन-ही-मन सोचा, अगर मैं गंगा की छाती पर तैरते हुए इस लकड़ी-लोहे के पुल पर ऐसी भीड़ में, या वहाँ जहाँ झुण्ड-के-झुण्ड मस्तूलवाले बड़े-बड़े जहाज खड़े हैं, खो गया तो फिर कभी घर पहुँच सकूँगा, इसकी कोई उम्मीद ही नहीं। कोलकाता मुझे ज़रा भी अच्छा नहीं लगा। इतनी *दहशत*[3] में भला कोई चीज अच्छी लग सकती है? आगे कभी लगेगी, इसका भी भरोसा नहीं कर सका।

कहाँ गया हमारा वह नदी का किनारा, वे बाँसों के *भिड़*[4] बेल के झाड़, मित्र, परिवार के बगीचे के कोने का वह अमरूद, कुछ भी तो नहीं है। यहाँ तो सिर्फ बड़े-बड़े ऊँचे मकान, गाड़ी-घोड़े, आदमियों का भीड़-भड़क्का, लम्बी-चौड़ी सड़कें ही दिखायी देती हैं, मकान के पीछे ऐसा एक बाग-बगीचा भी तो नहीं, जहाँ छिपकर एक चिलम तम्बाकू पी सकूँ। मुझे रोना आ गया। आँसू पोंछकर मन-ही-मन कहने लगा, भगवान् ने जीवन दिया है, तो भोजन भी वे ही देंगे, जिसने दिया है तन को, वही देगा *कफ़न*[5] को।'

---

1. उम्र में क्रम से तीसरे नं. के छोटे भाई 2. स्वीकार। 3. भय, डर।
4. बँसवारी, बाँसों के एक-दूसरे से सटे हुए झाड़। 5. मुर्दे को ढकने का कपड़ा।

कोलकाता आया हूँ, स्कूल में भरती किया गया हूँ, अच्छी तरह पढ़ता-लिखता हूँ, लिहाजा आजकल मैं 'अच्छा लड़का' हो गया हूँ। गाँव में ज़रूर मेरा नाम खूब उछला था। ख़ैर, उस बात को जाने दो।

भइया के आत्मीय मित्रों ने मिलकर एक 'मेस' बना लिया है, जिसमें हम चार आदमी रहते हैं-भइया, मैं, राम बाबू और जगन्नाथ बाबू। राम बाबू और जगन्नाथ बाबू सँझले भइया के मित्र हैं। इसके सिवा एक नौकर और एक ब्राह्मण रसोइया भी है।

गदाधर रसोइया मुझसे तीन-चार वर्ष बड़ा था। ऐसा भला आदमी मैंने पहले कभी नहीं देखा। मोहल्ले के किसी भी लड़के से मेरी बातचीत नहीं हुई और न किसी से मेल-जोल ही हुआ। मगर गदाधर बिलकुल भिन्न प्रकृति का आदमी होने पर भी, मेरा *अन्तरंग*[1] मित्र हो गया। मेरे साथ उसकी खूब घुटती, कितनी गप-शप उड़ती, इसका कोई ठिकाना नहीं। वह मेदिनीपुर जिले के एक गाँव का रहनेवाला था। वहाँ की बातें और उसका बाल्य-इतिहास आदि मुझे बड़ा अच्छा लगता था। उसके गाँव की बातें मैंने इतनी बार सुनी हैं कि मुझे अगर उसके गाँव में आँखों पर पट्टी बाँधकर अकेला छोड़ दिया जाये, तो शायद मैं तमाम गाँव में और उसके आसपास मज़े में घूम-फिर सकता हूँ। इतवार को मैं उसके साथ किले के मैदान में घूमने जाया करता। शाम को रसाईघर में बैठकर '*कोट-पीस*'[2] खेला करता। रोटी खाने के बाद *चौका*[3] उठ जाने पर उसके छोटे हुक्के से दोनों मिलकर तम्बाकू पी लिया करते। सभी काम हम दोनों मिलकर एक साथ करते। मोहल्ले-पड़ोस में और किसी से मेरी जान-पहचान नहीं हुई। मेरा तो साथी-संगी, यार-दोस्त, गाँव का भोला, मुन्नी, लल्लू, जो कुछ है, सब वही है। उसके मुँह से मैंने कभी, 'छोटे मुँह बड़ी बात' नहीं सुनी। झूठ-मूठ ही सब उसका निरादर करते। इससे मेरा जी जलने लगता, पर वह अपनी जबान से कभी किसी को जवाब न देता, जैसा वास्तव में वह दोषी ही हो।

सबको खिला-पिलाकर सबसे पीछे जब वह रसोईघर के एक कोने में छिपकर छोटी-सी पीतल की थाली में खाने बैठता, तो मैं हजार काम छोड़कर वहाँ पहुँच जाता। बेचारे की *तकदीर*[4] ही ऐसी थी कि पीछे से उसके लिए कुछ बचता न था और तो क्या, भात तक कम पड़ जाता और किसी के खाने के समय मैं कभी उपस्थित नहीं रहा, परन्तु ऐसा तो मैंने कभी नहीं देखा कि मुझे खाते वक्त रोटी, दाल, भात, घी, तरकारी कम पड़ी हो। इससे मुझे बड़ा बुरा मालूम होता था।

---

1. घनिष्ठ, प्रगाढ़। 2. ताश के पत्तों का एक खेल। 3. भोजन कार्यक्रम समाप्त हो जाने पर। 3. भाग्य।

छोटेपन में मैंने दादी के मुँह से सुना है, वे मेरे लिए कहा करती थीं, 'लड़का आधा पेट खा-खाकर सूख के काँटा हो गया है, कैसे बचेगा?' मगर मैं दादी-कथित 'भर-पेट' कभी नहीं खा सकता था। सूख जाऊँ, चाहे काँटा हो जाऊँ, मुझे 'आधा पेट' खाना ही अच्छा लगता था। अब कोलकाता आने के बाद समझा कि उस आधे पेट और इस आधे पेट में कितना अन्तर है! इस बात का मुझे कभी अनुभव नहीं हुआ कि किसी को भर पेट खाना न मिले, तो आँखों में आँसू आ जाते हैं। पहले मैंने न जाने कितनी बार बाबा की थाली में पानी डालकर उन्हें खाने नहीं दिया है, दादी के ऊपर कुत्ते के बच्चे को छोड़कर उन्हें नहाने-धोने के लिए बाध्य किया है, फिर उनका खाना नहीं हुआ, मगर उनके लिए मेरी आँखों में आँसू कभी नहीं आये। दादी, बाबा अपने घर के लोग, मेरे पूज्य, जो मुझे खूब प्यार करते थे, उनके लिए मुझे कभी दुख नहीं हुआ, बल्कि जान-बूझकर उन्हें अध-भूखा और बिलकुल भूखा रखकर मुझे परम सन्तोष हुआ है और इस गदाधर को देखो, न *कुनबे*[1] का, न *गोत*[2] का, इसके लिए मेरी आँखों में बिना बुलाये पानी आ जाता है।

कोलकाता आकर मुझे यह हो क्या गया, मेरी कुछ समझ में नहीं आता। आखिर आँखों में इतना पानी आता कहाँ से है, कुछ पता नहीं। मुझे किसी ने रोते कभी नहीं देखा। किसी बात पर ज़िद पकड़ जाने पर पाठशाला के पण्डित जी ने मेरी पीठ पर साबुत-की-साबुत खजूर की छड़ियाँ तोड़ दी हैं, फिर भी वे मुझे कभी रुला नहीं सके। लड़के कहते, 'सुकुमार की देह पत्थर की है।' मैं मन-ही-मन कहता, 'देह नहीं, बल्कि मन पत्थर का है। मैं नन्हें बच्चे की तरह रोने नहीं लगता।' दरअसल रोने में मुझे बड़ी शरम मालूम होती थी, अब भी होती है, पर अब सम्हाले सम्हालता नहीं। छिपकर, जहाँ कोई देख न सके, रो लिया करता हूँ। जरा रोकर चटपट आँखें पोंछ-पाँछके सम्हल जाता हूँ। जब स्कूल जाता हूँ, तो रास्ते में सैकड़ों भिखारी भीख माँगते नजर आते हैं। किसी के हाथ नहीं हैं, किसी के पैर नहीं हैं, कोई अन्धा है, इस तरह न जाने कितने तरह के दुखी देखता हूँ। मैं तो जो तिलक लगाकर खंजरी बजाकर जो 'जय राधे' कहकर भीख माँगते हैं, उन्हें ही जानता था, फिर ये सब भिखारी किस तरह के हैं। मैं भीतर-ही-भीतर बहुत ही दुखी होकर कहता, 'भगवान्, इन्हें मेरे गाँव में भेज दो।'

खैर, अभागे भिखारियों की बात जाने दो, अब मैं अपनी बात कहता हूँ। देखते-देखते आँखें इसकी आदी हो गयीं, पर मैं 'विद्यासागर' न बन सका। बीच-बीच में हमारे गाँव की माता सरस्वती न जाने कहाँ से आकर मेरे सिर पर सवार हो जातीं, मैं नहीं कह सकता। उनकी आज्ञा से कभी-कभी मैं ऐसा सत्कर्म

---

1. परिवार। 2. गोत्र, जाति-कुल।

कर डालता था कि अब भी मुझे उन सरस्वती जी से नफ़रत हो जाया करती है। डेरे पर किसका कौन-सा अनिष्ट किया जा सकता है, रात-दिन मैं इसी *फ़िकर*[1] में रहता। एक दिन की बात है, राम बाबू ने घण्टे-भर मेहनत करके अपनी धोती चुनकर रखी, वे शाम को घूमने जायेंगे, तब पहनकर जायेंगे। मैंने मौका पाकर, उसे खोलकर सीधा करके रख दिया। शाम को आकर धोती की हालत देखते ही बेचारे तकदीर ठोककर बैठ गये। मेरी खुशी का क्या ठिकाना। फूला नहीं समाया। जगन्नाथ बाबू का ऑफिस जाने का समय हो गया है, जल्दी-जल्दी खा-पीकर किसी तरह ऑफिस तक पहुँचना चाहते हैं। मैंने ठीक मौके से उनकी *अचकन*[2] के बटन काटकर फेंक दिये। स्कूल जाने से पहले जरा झाँककर देख गया, बेचारे चिल्लाकर रोने की तैयारी कर रहे हैं, मैं खुशी के मारे रास्ते-भर हँसता रहा। शाम को ऑफिस से लौटकर बोले, "मेरे बटन *कम्बख्त*[3] गदाधर ने चुराकर बेच डाले हैं, निकाल दो नालायक को।" जगन्नाथ बाबू के बटन-हरण के मामले पर भइया और राम बाबू भी भीतर-ही-भीतर खूब हँसने लगे। भइया ने कहा, "कितने तरह के चोर होते हैं, कोई ठीक है, पर बटन तोड़कर बेच खानेवाला चोर तो आज ही सुना!" जगन्नाथ बाबू भइया की इस चुटकी से और भी आग-बबूला हो गये। बोले, "नालायक ने सवेरे नहीं लिये, शाम को नहीं लिये, रात को नहीं लिये, ठीक ऑफिस जाते वक्त... बदमाशी तो देखो? दुर्गति की हद कर दी।" उन्हें एक काला फटा कुर्ता पहनकर ऑफिस जाना पड़ा।

सब हँस पड़े, जगन्नाथ बाबू को भी हँसना पड़ा, पर मैं नहीं हँस सका। मुझे डर हो गया, कहीं गदाधर को सचमुच ही न निकाल दें। वह बेचारा बिलकुल बेवकूफ है, शायद कुछ कहेगा भी नहीं, चुपचाप सारा कसूर अपने ऊपर ले लेगा, अब?

भइया शायद समझ गये कि किसने बटन लिये हैं। गरीब गदाधर पर कोई जुलम नहीं किया गया। पर, मैंने भी उस दिन से प्रतिज्ञा कर ली कि अब ऐसा काम कभी न करूँगा, जिससे मेरे बदले दूसरे पर कोई आफ़त आये।

ऐसी प्रतिज्ञा मैंने पहले कभी नहीं की और कभी करता भी या नहीं... नहीं कह सकता। सिर्फ़ गदाधर के कारण ही मुझे अपने मार्ग से विचलित होना पड़ा। मुझे उसने मिट्टी कर दिया।

इस बात को कोई नहीं कह सकता कि किस तरह किसका चरित्र सुधर जाता है। पण्डित जी, बाबा और भी कितने ही महाशयों के लाख कोशिश करने पर भी जिस बात की प्रतिज्ञा मैंने कभी नहीं की और न शायद करता, एक गदाधर

---

1. चिन्ता, विचार। 2. कोट। 3. अभागा, बदमाश।

महाराज का चेहरा देखकर उस बात की प्रतिज्ञा कर बैठा। उसके बाद इतने दिन बीत गये, इस बीच में कभी मेरी प्रतिज्ञा भंग हुई या नहीं, मैं नहीं कह सकता। मगर इतना ज़रूर है कि मैंने कभी जान-बूझकर कोई प्रतिज्ञा भंग नहीं की।

अब और एक आदमी की बात कहता हूँ। वह था हम लोगों का नौकर रामा। रामा जाति का कायस्थ या ग्वाला ऐसा ही कुछ था। कहाँ का रहनेवाला था, सो भी मैं नहीं कह सकता। उस जैसा फुर्तीला और होशियार नौकर मेरे देखने में नहीं आया। अगर फिर कभी उससे भेंट हो गयी, तो उसके गाँव का पता जरूर पूछ लूँगा।

सभी कामों में रामा चरखे की तरह घूमता रहता। अभी देखा कि रामा कपड़े धो रहा है, तुरन्त देखता हूँ कि भइया नहाने बैठे हैं, तो वह उनकी पीठ रगड़ रहा है। उसके बाद ही देखा, तो पान लगाने में व्यस्त है। इस तरह, वह हर वक्त दौड़-धूप करता रहता। भइया का वह *फेवरिट*[1], बड़े काम का प्यारा नौकर था, पर मुझे वह देखे न *सुहाता*[2]। उस नालायक के लिए अकसर मुझे भइया से खरी-खोटी सुननी पड़ती। खासकर गदाधर को वह अकसर तंग किया करता। मैं उससे बहुत चिढ़ गया था, मगर इससे क्या होता, वह ठहरा भइया का 'फेवरिट'। राम बाबू भी उसे फूटी आँखों न देख सकते थे। वे उसे 'रूज' (रंगा स्यार) कहा करते थे। उस समय इस शब्द की व्याख्या वे खुद न कर सकते थे, मगर हम यह खूब समझते थे कि रामा दरअसल 'रूज' है। उनके चिढ़ने के कारण थे। मुख्य कारण यह था कि रामा अपने को 'राम बाबू' कहा करता था। भइया भी कभी-कभी उसे 'राम बाबू' कहकर पुकारा करते थे, मगर राम बाबू को यह सब अच्छा न लगता था। खैर, जाने दो इन व्यर्थ की बातों को।

एक दिन शाम को भइया एक नया *लैम्प*[1] खरीद लाये। बहुत बढ़िया चीज थी। करीब पचास-साठ रुपये दाम होंगे। शाम को जब सब घूमने चले गये, तब मैंने गदाधर को बुलाकर उसे दिखाया। गदाधर ने ऐसी 'बत्ती' कभी नहीं देखी थी। वह बहुत ही खुश हुआ और दो-एक बार उसने उसे इधर-उधर करके देखा-भाला। इसके बाद वह अपने काम से चला गया। पर मेरा कुतूहल शान्त नहीं हुआ। मैं उसकी चिमनी खोलकर देखना चाहता था कि कैसे खुलती है। देखूँ कि उसके भीतर कैसी मशीन है। बहुत खोलकर हिलाया-डुलाया, इधर-उधर किया, घुमाने-फिराने की कोशिश की,... पर, खोल न सका, जाँच-पड़ताल के बाद मैंने देखा कि नीचे एक *स्क्रू*[2] है, लिहाजा मैंने घुमाया। घुमा ही रहा था कि चट से उसका नीचे का हिस्सा अलग हो गया और जल्दी में मैं उसे थाम न सका। नतीजा यह हुआ कि उसका शीशा टेबल से नीचे गिरकर चकनाचूर हो गया।

---

1. पसन्दीदा। 2. अच्छा लगना। 3. लालटेन। 4. पेंच।

(2)

उस दिन बहुत रात बीते मैं लौटा, पर आकर देखा, वहाँ बड़ी हाय-तौबा मची हुई है। गदाधर को चारों तरफ से घेरकर सब लोग बैठे हैं। गदाधर से *जिरह*[1] की जा रही है। भइया खूब बिगड़ रहे हैं।

गदाधर की आँखों से टपटप आँसू गिर रहे थे। वह कह रहा था, "बाबू जी, मैंने इसको जरा छुआ जरूर था, पर तोड़ा नहीं। सुकुमार बाबू ने मुझे दिखाया, मैंने सिर्फ देखा। उसके बाद ये घूमने चले गये। मैं भी रसोई बनाने चला गया।"

किसी ने उसकी बात पर विश्वास नहीं किया। प्रमाणित हो गया कि उसी ने चिमनी तोड़ी है। उसकी तनख्वाह बाकी थी, उसमें से साढ़े तीन रुपया काटकर नयी चिमनी मँगाई गयी। शाम को जब बत्ती जलायी, तो सब बहुत खुश हुए, सिर्फ मेरी दोनों आँखें जलने लगीं। हर वक़्त मन में वही ख़याल आने लगा, मानो मैंने उसकी माँ के साढ़े तीन रुपये चुरा लिये।

तब मुझसे वहाँ रहा नहीं गया। रो-बिलखकर किसी तरह भइया को राजी करके मैं गाँव पहुँच गया। सोचा था, दादी से रुपये लाकर चुपके से साढ़े तीन की जगह सात रुपये गदाधर को दूँगा। मेरे पास उस वक्त रुपये बिलकुल न थे। सब रुपये भइया के पास थे। इसीलिए रुपयों के लिए मुझे देश जाना पड़ा। सोचा था, कि एक दिन से अधिक नहीं ठहरूँगा। मगर हुआ कुछ और ही। यद्यपि बाबा के मरने में अब भी बहुत दिन बाकी थे, फिर भी, सात-आठ दिन वहाँ बीत ही गये।

सात-आठ दिन बाद फिर कोलकाता पहुँचा। मकान में पैर रखते ही पुकारा, "गदा!" किसी ने जवाब नहीं दिया। फिर बुलाया, "गदाधर महाराज!" अबकी बार भी जवाब नदारद, फिर कहा, "गदा!"

रामा ने आकर कहा, "छोटे बाबू, अभी आ रहे हैं क्या?"

"हाँ-हाँ, अभी चला ही आ रहा हूँ। महाराज कहाँ है?"

"महाराज तो नहीं है।"

"कहाँ गया है?"

"बाबू ने उसे निकाल दिया।"

"निकाल दिया क्यों?"

"चोरी की थी, इसलिए।"

---

1. सवाल-जवाब।

पहले बात मेरी ठीक से समझ में नहीं आयी, इसी से कुछ देर तक मैं रामा का मुँह देखता रहा। रामा मेरे मन का भाव ताड़ गया, जरा मुस्कुराकर बोला, "छोटे बाबू, आप *ताज्जुब*[1] कर रहे हैं, मगर उसे आप लोग पहचानते न थे, इसी से इतना चाहते थे। वह छिपी हुई *डाइन*[2] जैसा था, बाबू! उस भीगी बिल्ली को मैं ही अच्छी तरह जानता था।"

किस तरह वह छिपी डाइन था और क्यों, मैं उस भीगी बिल्ली को नहीं पहचान सका, यह मेरी समझ में कुछ न आया। मैंने पूछा, "किसके रुपये चुराये थे उसने?"

"बड़े बाबू के।"

"कहाँ थे रुपये?"

"कोट की जेब में।"

"कितने रुपये थे?"

"चार रुपये।"

"देखा किसने था?"

"आँखों से तो किसी ने नहीं देखा, पर देखा ही समझिए।"

"क्यों?"

"इसमें पूछने की कौन-सी बात है? आप घर में थे नहीं, राम बाबू ने लिये नहीं, जगन्नाथ बाबू ले नहीं सकते, मैंने लिये नहीं, तो फिर गये कहाँ? लिये किसने?"

"अच्छा, तो तूने उसे पकड़ा?"

रामा ने हँसते हुए कहा, "और नहीं तो कौन पकड़ता!"

ठनठनिया का जूता आप आसानी से खरीद सकते हैं। ऐसा मज़बूत जूता शायद और कहीं नहीं बनता। उसी से मैंने उसकी खूब...

मैं रसोई में जाकर रो पड़ा। उसका वह छोटा-सा काला हुक्का एक कोने में पड़ा था। उस पर धूल जम गयी थी। आज चार-पाँच रोज़ से उसको किसी ने छुआ भी नहीं, किसी ने पानी तक नहीं बदला। दीवार पर एक जगह कोयले से लिखा हुआ है, 'सुकुमार बाबू, मैंने चोरी की है। अब मैं यहाँ से जाता हूँ। अगर जिन्दा रहा, तो फिर कभी आऊँगा।'

---

1. आश्चर्य। 2. पिशाचनी।

43

मैं तब लड़का ही तो था। बिलकुल बच्चे की तरह उस हुक्के को छाती से लगाकर फूट-फूटकर रोने लगा। क्यों? इसकी वजह मुझे नहीं मालूम।

फिर मुझे उस मकान में अच्छा नहीं लगा। शाम को घूम-फिर कर एक बार रसोई में जाता और दूसरे रसोइया को खाना बनाते देख चुपचाप लौट आता। अपने कमरे में आकर किताब खोलकर पढ़ने बैठ जाता। कभी-कभी मुझे भइया भी देखे नहीं *सुहाते*[1]। रोटी तक मुझे कड़ुवी मालूम होने लगती।

बहुत दिनों बाद एक रोज़ मैंने भइया से कहा, "बड़े भइया! क्या किया तुमने?"

"किसका क्या किया?"

"गदा ने तुम्हारे रुपये कभी नहीं चुराये। सभी जानते हैं, मैं गदाधर महाराज को बहुत चाहता था।"

भइया ने कहा, "हाँ, काम तो अच्छा नहीं हुआ, सुकुमार! पर अब तो जो होना था सो हो गया, लेकिन रामा को तूने इतना मारा क्यों था?"

"अच्छे मारा था, क्या मुझे भी निकाल दोगे?"

भइया ने मेरे मुँह से कभी ऐसी बात नहीं सुनी। मैंने फिर पूछा, "तुम्हारे कितने रुपये वसूल हो गये?"

भइया बड़े दुखी हुए बोले, "काम ठीक नहीं हुआ। तनख्वाह के ढाई रुपये हुए थे, सो सब काट लिये। मेरी इतनी इच्छा नहीं थी।"

मैं जब-तब सड़कों पर घूमा करता। दूर पर अगर किसी को मैली चादर ओढ़े और फटी चट्टी चटकाते हुए जाते देखता, तो मैं फौरन दौड़ा-दौड़ा उसके पास पहुँच जाता, पर मेरे मन का अरमान पूरा न होता, मेरी आशा निराशा में परिणत होने लगी। मैं अपने मन की बात किससे कहूँ?

करीब पाँच महीने बाद भइया के नाम एक मनीआर्डर आया-डेढ़ रुपये का। भइया को मैंने उसी रोज आँसू पोंछते देखा। उसका कूपन अभी तक मेरे पास मौजूद है।

कितने वर्ष बीत गये, कोई ठीक है! मगर आज भी गदाधर महाराज मेरे हृदय में आधी जगह घेरे बैठे हैं।

---

1. अच्छे लगते।

शिक्षा

सीमा से अधिक शरारत, अपराध-बोध होने पर जीवन भर सालता है।

सन्देश

➤ बचपन में उतना ही शरारत करो, जो हास्य परक हो, उससे किसी को शारीरिक या मानसिक पीड़ा न पहुँचे।

➤ अच्छे व संस्कारवान बच्चे सराहना के पात्र होते हैं।

➤ शरारत, उदण्डता और दूसरे को सताने का सुख जीवन में सुखी नहीं होने देते।

4

महेश

शरत् चन्द्र की कहानियाँ जमीन से जुड़ी हुई देशकाल की ग्रामीण आर्थिक, सामाजिक व धार्मिक अन्धविश्वास को रेखांकित कर उन पर तीव्र प्रहार करती हुई रचनाएँ हैं। वे हिन्दू-मुस्लिम संस्कार की समानता और उनकी समस्या के हल के पक्षपाती थे। बर्बर, क्रूर और कट्टर-पन्थ पर उन्होंने तीखा प्रहार किया।

(1)

गाँव का नाम है- काशीपुर। छोटा-सा गाँव और जमींदार उससे भी छोटा, मगर फिर भी उसका दबदबा ऐसा कि प्रजा चूँ[1] तक नहीं कर सकती।

छोटे लड़के की पूजा थी। जन्म-तिथि की पूजा समाप्त करके तर्करत्न महाशय दोपहर के वक़्त घर लौट रहे थे। बैसाख ख़तम होने को है, पर आकाश में बादल की छाया तक नहीं, वर्षा न होने के कारण आकाश से मानो आग बरस रही है।

सामने की दिशाओं तक फैला मैदान कड़ी धूप से सूखकर फटने लगा है और उन लाखों दरारों में से धरती की छाती का खून मानो धुआँ बनकर उड़ा जा रहा है। *अग्निशिखा-सी*[2] उसकी लहराती हुई *ऊर्ध्वगति*[3] की तरफ देखने से सिर चकराने लगता है, जैसे नशा आ गया हो।

उस मैदान के किनारे रास्ते पर गफूर जुलाहे का घर है। उसकी मिट्टी की दीवार गिर गयी है और आँगन सड़क से आ मिला है, मानो *अन्त:पुर*[4] की लज्जा और *आबरू*[5] पथिकों की करुणा के आगे आत्म-समर्पण करके निश्चिन्त हो गयी हो।

सड़क के किनारे एक पेड़ की छाया में खड़े होकर तर्करत्न ने पुकारा, "ओ रे, ओ गफूर, घर में है क्या?"

उसकी लगभग दस साल की लड़की ने दरवाजे के पास आकर कहा, "क्यों. ..बापू को तो बुखार आ गया है।"

1. चीख। 2. आग की लपट। 3. ऊपर की ओर उठती हुई गति।
4. घर का भीतरी भाग, जनान खाना। 5. इज्जत, सम्मान।

"बुखार! बुला हरामजादे को। पाखण्डी म्लेच्छ कहीं का!"

शोरगुल सुनकर गफ़ूर घर से निकलकर बुखार में काँपता बाहर आ खड़ा हुआ। फूटी दीवार से सटा हुआ एक पुराना बबूल का पेड़ है, उसकी डाल से एक बैल बँधा हुआ है। तर्करत्न ने उसकी तरफ इशारा करके कहा, "यह क्या हो रहा है, सुनूँ तो सही? यह हिन्दूओं का गाँव है, जमींदार ब्राह्मण हैं, सो भी कुछ होश है?"

उनका चेहरा गुस्से और धूप से लाल हो रहा था, इसलिए उस मुँह से गरम और तीखी बात ही निकलेगी, मगर कारण न समझ पाने से गफूर सिर्फ मुँह की तरफ़ देखता रहा।

तर्करत्न ने कहा, "सबेरे जाते समय देख गया था, बैल बँधा है और दोपहर को लौटते समय देख रहा हूँ कि ज्यों-का-त्यों बँधा हुआ है। गो-हत्या होने पर मालिक साहब तुझे जिन्दा गाड़ देंगे। वे ऐसे ब्राह्मण नहीं हैं!"

"क्या करूँ पण्डितजी महाराज! बड़ी लाचारी में पड़ गया हूँ। कई दिन से बुखार में पड़ा हूँ। पगहा पकड़कर थोड़ा-बहुत चरा लाता, सो होता नहीं, चक्कर खाकर गिर पड़ता हूँ।"

"तो खोल दे, आप ही चर आयेगा।"

"कहाँ छोड़ आऊँ पण्डितजी! लोगों के धान अभी सब झाड़े नहीं गये हैं, खलिहान में पड़े हुए हैं, पुआल भी अभी तक ज्यों-का-त्यों पड़ा है। और मैदान तो सब खुलकर सफाचट हो रहा है, कहीं भी मुट्ठी-भर घास नहीं। किसी के धान में मुँह मार दे, किसी का पुआल तहस-नहस कर डाले, कोई ठीक नहीं, छोड़ूँ तो कैसे छोड़ूँ महाराज?"

तर्करत्न ने जरा गरम होकर कहा, "नहीं छोड़ता तो कहीं छाँह में बाँधकर दो आँटी पुआल ही डाल दे, चबाया करेगा तब तक। तेरी लड़की ने भात नहीं राँधा? माँड-पानी दे दे, थोड़ा-सा पी लेगा।"

गफूर ने कुछ जवाब नहीं दिया। *निरुपाय*[1] की भाँति तर्करत्न के मुँह की तरफ देखता रहा, उसके मुँह से एक दीर्घ *निःश्वास*[2] निकल पड़ा।

तर्करत्न ने कहा, "सो भी नहीं है क्या? पुआल सब क्या कर दिया? हिस्से में जो कुछ मिला था, सो बेच-बूचकर 'पेटाय स्वाहा!' कर दिया। बैल के लिए भी थोड़ा-सा नहीं रखा, कसाई कहीं का?"

इस निष्ठुर अभियोग से गफूर की मानो ज़बान बन्द हो गयी। क्षण-भर बाद

---

1. बिना उपाय। 2. भीतर से निकली गरम साँस।

उसने आहिस्ता से कहा, "जो कुछ हिस्से में मिला था, सो मालिक साहब ने पिछले बकाया में रखवा लिया।" रो-बिलखकर हाथ-पाँव जोड़के कहा, "बाबू साहब हाकिम हैं आप, आपकी जमींदारी छोड़कर भाग थोड़े ही सकता हूँ। मुझे थोड़ा-सा पुआल दे दीजिए। छप्पर छाना है, एक कोठरी है, बाप-बेटी को रहना है, सो भी खैर, इस साल ताड़-पत्तों से गुजर कर लूँगा, लेकिन मेरा महेश भूखों मर जायेगा!"

तर्करत्न ने हँसकर कहा, "ओफ्-ओ! और आपने शौक से इसका नाम रख छोड़ा है महेश! हँसी आती है!"

मगर यह व्यंग्य गफूर के कानों में नहीं गया, वह कहने लगा, "लेकिन हाकिम की मेहरबानी नहीं हुई। दो महीने की खुराक लायक धान हम लोगों को दे दिया, लेकिन पुआल सब हिसाब में ले लिया, इस बेचारे को एक तिनका तक नहीं मिला..." यह कहते-कहते उसका गला भर आया, परन्तु तर्करत्न को उस पर दया नहीं आयी। बोले, "अच्छा आदमी है तू तो! पहले से ले रखा है, देगा नहीं? जमींदार क्या तुझे अपने घर से खिलायेगा? अरे, तुम लोग तो राम-राज्य में बसते हो। आखिर *कौम*[1] तो नीच ही ठहरी, इसी से बुराई करता फिरता है!"

गफूर ने लज्जित होकर कहा, "बुराई मैं क्यों करने लगा महाराज! उनकी बुराई हम लोग नहीं करते, लेकिन दूँ कहाँ से, बताइए? चार बीघे खेत हिस्से में जोतता हूँ, पर लगातार दो साल अकाल पड़ गया, खेत का धान खेत में सूख गया, बाप-बेटी दोनों को भर-पेट खाने को भी नहीं मिलता। घर की तरफ देखिए, बरखा होती है तो बिटिया को लेकर एक कोने में बैठकर रात बितानी पड़ती है, पैर फैलाकर सोने की भी जगह नहीं। महेश की तरफ देखिए, हड्डियाँ निकल आयी हैं। दे दीजिए महाराज! थोड़ा-सा पुआल उधार दे दीजिए, दो-चार दिन इसे भर-पेट खिला दूँ..." कहते-कहते ही वह धप्-से ब्राह्मण के पैरों के पास बैठ गया। तर्करत्न महाशय तीर की तरह दो कदम पीछे हटकर बोल उठे, "अरे, मरे छू लेगा क्या?"

"नहीं, महाराज, छुऊँगा क्यों? छुऊँगा नहीं। इस साल दे दीजिए महाराज! थोड़ा-सा पुआल दे दीजिए। आपके यहाँ चार-चार टालें लगी हुई हैं, उस दिन मैं देख आया हूँ, थोड़ा-सा देने से आपको कुछ कमी न होगी। बड़ा सीधा जीव है। मुँह से कुछ कह नहीं सकता, सिर्फ टुकर-टुकर देखता रहता है और आँखों से आँसू डालता रहता है।"

तर्करत्न ने कहा, "उधार तो ले लेगा, पर अदा कैसे करेगा सो तो बता।"

---

1. जाति।

गफूर ने आशान्वित होकर व्यग्र स्वर में कहा, "जैसे बनेगा, मैं चुका दूँगा महाराज जी, आपको धोखा न दूँगा।"

तर्करत्न महाशय ने मुँह से एक प्रकार का शब्द करके गफूर के व्याकुल कण्ठ का अनुकरण करते हुए कहा, "धोखा नहीं दूँगा, जैसे बनेगा चुका दूँगा! रसिक-नागर बन रहा है! चल-चल हट, रास्ता छोड़। घर जाना है, बहुत *अबेर*[1] हो गयी है।"

इतना कहकर मुस्कुराते हुए कदम बढ़ाया ही था कि अचानक डर से पीछे हटते हुए गुस्से में आकर कहने लगे, "अरे मरे, सींग हिलाकर मारने आ रहा है, सींग मारेगा?"

गफूर उठकर खड़ा हो गया। पण्डितजी के हाथ में फल-फूल और भीगे चावलों की पोटली थी, उसे दिखाते हुए गफूर ने कहा, "गन्ध मिल गयी है न उसे, इसी से कुछ खाने को माँगता है..."

"खाने को माँगता है? ठीक, जैसा खुद गँवार है, वैसा ही बैल है। पुआल तो नसीब नहीं होता, केले-चावल खाने को चाहिए! हटा-हटा, रास्ते से एक तरफ हटाकर बाँध। कैसे सींग हैं, किसी दिन किसी की जान न ले ले!" कहते हुए पण्डितजी एक तरफ से बचकर निकल गये।

गफूर उनकी दृष्टि हटाकर कुछ देर तक महेश की तरफ एकटक देखता रहा। उसकी गम्भीर काली आँखें वेदना और भूख से भरी थीं, उसने कहा, "तुझे मुट्ठी-भर दिया नहीं? उन लोगों के पास बहुत है, फिर भी देते नहीं किसी को। न दें..." कहते-कहते उसका गला रुँध आया और आँखों से टप-टप आँसू गिरने लगे। महेश के पास आकर वह चुपचाप उसके गले पर, माथे और पीठ पर हाथ फेरता हुआ चुपके-से कहने लगा, "महेश, तू मेरा लड़का है, तू हम लोगों को आठ साल तक खिलाता-पिलाता रहा है, अब बूढ़ा हो गया है, तुझे मैं भर-पेट खिला भी नहीं सकता, लेकिन तू तो जानता है कि तुझे मैं कितना चाहता हूँ।"

महेश ने इसके उत्तर में सिर्फ गरदन बढ़ाकर आराम से आँखें मींच लीं। गफूर अपने आँसू महेश की पीठ पर पोंछता हुआ उसी तरह *अस्फुट*[2] स्वर में कहने लगा, "जमींदार ने तेरे मुँह का कौर छीन लिया, *मसान*[3] के पास जो चरने की जगह थी, उसे भी पैसे के लोभ से ठेके पर उठा दिया। ऐसे अकाल में तुझे कैसे जिलाये रखूँ बता? छोड़ देने से तू दूसरों की *टाल*[4] पर मुँह मारेगा, लोगों के केले के पेड़ तोड़कर खा जायेगा। तेरे लिए मैं क्या करूँ। देह में अब तेरे ताकत भी नहीं, गाँव का कोई अब तुझे चाहता नहीं। लोग कहते हैं, अब तुझे

---

1. देर। 2. बड़बड़ाते। 3. श्मशान। 4. पुआल की ठेरी।

बेच देना चाहिए..." मन-ही-मन इन शब्दों के उच्चारण करते ही उसकी आँखों से टप-टप आँसू गिरने लगे। उन्हें हाथ से पोंछकर वह इधर-उधर देखने लगा, फिर फूटे घर के छप्पर से थोड़ा-सा पुराना मैला पुआल खींच लाया और उसे महेश के सामने रखकर धीरे-से कहने लगा, "ले, जल्दी से थोड़ा-बहुत खा ले, देर होने से... फिर..."

"बापू?"

"क्यों बिटिया?"

"आओ, भात खा जाओ।" कहती हुई अमीना घर से निकलकर दरवाजे पर आ खड़ी हुई। क्षण-भर देखकर उसने कहा, "महेश को फिर छप्पर का पुआल खिला रहे हो बापू?"

ठीक इसी बात का उसे डर था। लज्जित होकर बोला, "सड़ा-सड़ाया पुआल है बिटिया, अपने-आप झर-झरके गिर रहा था।"

"मैं भीतर से आवाज सुन रही थी बापू, तुम खींचके निकाल रहे थे?"

"नहीं बिटिया, ठीक खींचके नहीं निकाला..."

"लेकिन दीवार जो गिर जायेगी बापू..."

गफूर चुप रहा। सिर्फ एक कोठरी के सिवा और सब टूट-फूट गया है और इस तरह करने से अगली बरसात में वह भी नहीं टिक सकती, यह बात उससे ज्यादा और कौन जानता है! और इस तरह और कितने दिन कट सकते हैं।

लड़की ने कहा, "हाथ-पाँव धोकर भात खा जाओ बापू! मैं परोस चुकी हूँ।"

गफूर ने कहा, "माँड तो ज़रा दे जा बिटिया, महेश को पिलाकर बेफ़िकर होकर खाने बैठूँगा।"

"माँड तो आज नहीं रहा बापू, हँडिया में ही चिपक गया।"

"नहीं है?" गफूर चुप हो रहा। ऐसे कष्ट के दिनों में जरा भी कोई चीज बिगाड़ी नहीं जा सकती, इस बात को दस साल की लड़की भी समझ गयी है। हाथ-पाँव धोकर वह कोठरी के भीतर जाकर खड़ा हो गया। एक पीतल की थाली में पिता के लिए दाल-भात परोसकर बेटी अपने लिए एक मिट्टी की थाली में दाल-भात लिये बैठी है। देखकर गफूर ने धीरे-से कहा, "अमीना, मुझे तो फिर आज जाड़ा मालूम हो रहा है बिटिया! बुखार में खाना क्या ठीक होगा?"

अमीना ने उद्विग्न चेहरे से कहा, "मगर तब तो तुमने कहा था कि बड़ी भूख लग रही है।?"

"तब शायद बुखार नहीं था बेटी।"

"तो उठाके रख दूँ, शाम को खा लोगे?"

गफूर ने न जाने क्या सोच-विचारकर सहसा इस समस्या की *मीमाँसा*[1] कर डाली बोला, "एक काम करो न बेटी, न हो तो महेश को खिला दो। रात को फिर मेरे लिए मुट्ठी-भर भात नहीं बना सकोगी अमीना?"

उत्तर में अमीना मुँह उठाकर क्षण-भर चुपचाप पिता के मुँह की ओर देखती रही, फिर सिर झुकाकर धीरे-से बोली, "हाँ, बना दूँगी बापू।"

गफूर का चेहरा *सूर्ख*[2] हो उठा। बाप और बेटी में यह जो थोड़ा-सा झूठ-मूठ का अभिनय हो गया, उसे इन दो प्राणियों के सिवा शायद और भी एक जन ने आसमान में रहकर देख लिया।

(2)

पाँच-सात दिन बाद, एक दिन बीमार गफूर चिन्तित चेहरे से अपने आँगन में बैठा था। उसका महेश कल से अभी तक लौटा ही नहीं। खुद वह कमजोर है, इसलिए अमीना उसे सबेरे से चारों तरफ ढूँढती फिर रही है। दिन छिपने से पहले उसने वापस आकर कहा, "सुना है बापू, मानिक बाबू ने महेश को थाने में भिजवा दिया है।"

गफूर ने कहा, "चल पगली!"

"हाँ बापू सच। उनके नौकर ने मुझसे कहा कि अपने बाप से जाके कह दे, दरियापुर के मवेशीखाने में ढूँढें जाकर।"

"क्या किया था उसने?"

"उनके बगीचे में घुसकर उसने पेड़-पौधे बरबाद कर दिये हैं।"

गफूर सन्न होकर बैठा रह गया। महेश के सम्बन्ध में उसने अनेक प्रकार की दुर्घटनाओं की कल्पना की थी, पर ऐसी आशंका उसे नहीं थी। वह जैसा निरीह है, वैसा ही गरीब, लिहाजा कोई पड़ोसी उसे उतनी बड़ी सजा दे सकता है, इस बात का डर उसे नहीं था। ख़ासकर मानिक घोष से तो उसे गऊ और ब्राह्मणों पर, जिसकी भक्ति अन्य गाँवों तक प्रसिद्ध है, ऐसी आशा नहीं थी।

लड़की ने कहा, "दिन तो छिप रहा है बापू, महेश को लाने नहीं जाओगे?"

गफूर ने कहा, "नहीं।"

"लेकिन उसने तो कहा है कि तीन दिन के भीतर नहीं छुड़ाने से पुलिसवाले उसे *गौहट्टी*[3] में बेच डालेंगे।"

---

1. व्याख्या। 2. लाल। 3. गायों का बाजार।

52

गफूर ने कहा, "बेच डालने दो।"

गौहट्टी क्या चीज है? अमीना इस बात को नहीं जानती थी, परन्तु महेश के सम्बन्ध में उसके उल्लेख होते ही उसका बाप कैसा विचलित हो उठता है, इस बात को उसने बहुत *दफे*[1] देखा था, परन्तु आज वह और कोई बात न कहकर चुपचाप धीरे-से चला गया।

रात को अन्धेरे में छिपकर गफूर बंशी की दुकान पर जाकर बोला, "चाचा, आज एक रुपया देना होगा।" कहते हुए उसने अपनी पीतल की थाली बंशी के बैठने के माचे के नीचे रख दी। इस चीज की तौल वगैरह से बंशी परिचित था। पिछले दो सालों में उसने इसे पाँच-छः दफे गिरवी रखकर एक-एक रुपया दिया है। इसलिए आज भी कोई आपत्ति नहीं की।

दूसरे दिन फिर महेश अपने स्थान पर बँधा दिखायी दिया। वही बबूल का पेड़, वह रस्सी, वही खूँटी, वही रीती नाँद, वही भूख से बेचैन काली आँखों की सजल उत्सुक दृष्टि। एक बूढ़ा-सा मुसलमान उसे अत्यन्त तीव्र दृष्टि से देख रहा था। पास ही एक किनारे दोनों घुटने मिलाये गफूर चुपचाप बैठा था। अच्छी तरह देख-भालकर उस बुड्ढे ने चादर के छोर में से एक दस रुपये का नोट निकालकर, उसकी तह खोलके, बार-बार उसे ठीक करते हुए गफूर के पास जाकर कहा, "अब मोल-तोल करके इसे भुनाऊँगा नहीं, यह लो, पूरे दस-के-दस दिये देता हूँ... लो।"

गफूर ने हाथ बढ़ाकर नोट ले लिया और उसी तरह चुपचाप बैठा रहा, पर जो आदमी बुड्ढे के साथ आये थे, उनके पगहा पर हाथ लगाते ही गफूर अकस्मात् उठकर *सतर*[2] खड़ा हो गया और *उद्धत*[3] स्वर में बोल उठा, "पगहा को हाथ मत लगाना, कहे देता हूँ... खबरदार, अच्छा न होगा!"

वे चौंक पड़े। बुड्ढे ने आश्चर्य के साथ कहा, "क्यों?"

गफूर ने उसी तरह गुस्से में जवाब दिया, "क्यों क्या, मेरी चीज है, मैं नहीं बेचता... मेरी खुशी!" इतना कहकर उसने नोट को अलग फेंक दिया।

उन लोगों ने कहा, "कल रास्ते में *बयाना*[4] जो ले आये थे?"

"यह लो, अपना बयाना वापस ले लो!" कहकर उसने अण्टी में से दो रुपया निकालकर झन्न से पटक दिये। एक झगड़ा उठ खड़ा होगा, इस खयाल से बूढ़े ने हँसकर धीरता के साथ कहा, "दबाव डालकर और दो रुपये ज्यादा लेना चाहते हो, यही तो? दे दो जी, जलपान के लिए उसकी लड़की के हाथ पर धर दो? दो रुपये। बस, यही तो?"

"नहीं।"

---

1. बार। 2. सीधा, तनकर। 3. ढीठ। 4. अग्रिम धन, एडवांस।

"मगर इससे ज्यादा कोई एक धेला थी नहीं देगा, मालूम है?"

गफ़ूर ने ज़ोर से सिर हिलाकर कहा, "नहीं।"

बुड्ढे ने नाराज़ होकर कहा, "तो क्या चमड़े की ही तो क़ीमत मिलेगी। नहीं तो, माल इसमें क्या है?"

"तौबा! तौबा!" गफ़ूर के मुँह से अचानक एक भद्दी कड़वी बात निकल गयी और दूसरे ही क्षण वह अपनी कोठरी में जाकर चिल्ला-चिल्ला के धमकी देने लगा कि अगर वे जल्दी से गाँव के बाहर नहीं चले गये, तो जमींदार के आदमियों को बुलवाकर जूते मारकर निकलवा दूँगा।

शोरगुल सुनकर लोग इकट्ठे हो गये, मगर इतने में जमींदार के यहाँ से उनका बुलावा आ गया। बात मालिक साहब तक पहुँच गयी थी।

कचहरी में उस समय भले-बुरे, ऊँच-नीच सभी तरह के आदमी बैठे थे। शिवशंकर बाबू ने आँखें तरेरकर कहा, "गफ़ूरा! तुझे क्या सज़ा दी जाये, कुछ समझ में नहीं आता। किसकी जमींदारी में रहता है, जानता है?"

गफ़ूर ने हाथ जोड़कर कहा, "जानता हूँ। हम लोग खाने बिना मर रहे हैं हुज़ूर, नहीं तो आज आप जो कुछ जुरमाना करते, मैं 'ना' नहीं करता।"

सभी चकित हो गये। इस आदमी को वे ज़िद्दी और बदमिजाज ही समझते आ रहे थे। गफ़ूर ने रुँधे हुए गले से कहा, "ऐसा काम अब कभी न करूँगा मालिक साहब।"

इतना कहकर उसने खुद ही दोनों हाथें से अपना कान पकड़ा और आँगन में एक तरफ से नाक रगड़कर वह खड़ा हो गया।

शिवशंकर बाबू ने *सदय*[1] कण्ठ से कहा, "अच्छा, जा जा, हो गया, जा। अब कभी ऐसा मत करना।"

बात सुनकर सबके रोयें खड़े हो गये और इस विषय में किसी को रंचमात्र भी सन्देह न रह गया कि ऐसा महापातक होते-होते जो रुक गया, वह सिर्फ मालिक साहब के पुण्य के प्रभाव से और शासन के जोर से। तर्करत्न महाशय भी उपस्थित थे। उन्होंने 'गो'-शब्द की शास्त्रीय व्याख्या की और ऐसी धर्मज्ञान शून्य म्लेच्छ जाति को गाँव के आस-पास कहीं भी क्यों नहीं बसने देना चाहिए, इस बात को प्रकट करके लोगों के ज्ञान-नेत्र खोल दिये!

गफ़ूर ने किसी बात का जवाब नहीं दिया, बल्कि उसने इस अपमान और तिरस्कार को सही समझकर सिर-साथे ले लिया तथा वह प्रसन्नचित घर चला गया। उसने पड़ोसी के घर से माँड माँगकर महेश को पिलाया और उसकी देह, सिर और सींगों पर बार-बार हाथ फेरकर अस्फुट स्वर में न जाने क्या-क्या कहता रहा।

---

1. दयापूर्ण।

जेठ ख़तम हो चला। रुद्र की जिस मूर्ति ने एक दिन बैसाख के अन्त में आत्मप्रकाश किया था, वह कितनी भीषण और कितनी बड़ी कठोर हो सकती है, इस बात का अनुभव आज के आकाश की तरफ़ बग़ैर देखे किया ही नहीं जा सकता। कहीं भी ज़रा-सा करुणा का आभास तक नहीं। कभी इस रूप का लेश-मात्र परिवर्तन हो सकता है और किसी दिन यह आकाश बदलियों से घिरकर सजल दिखायी दे सकता है, इस बात की आज कल्पना करते भी डर लगता है। सारे आसमान से जो जलती हुई आग-सी लगातार ख़ाक किये बग़ैर वह नहीं रुकने की।

ऐसे दिन में ठीक दोपहर के वक़्त गफ़ूर घर लौटा। दूसरे के दरवाजे पर मजूरी करने की उसको आदत नहीं और अभी बुख़ार को छूटे भी चार-पाँच दिन ही हुए हैं। शरीर कमज़ोर है, थका हुआ। फिर भी आज वह काम की तलाश में निकला था। मगर ऐसी तेज धूप में चलने के सिवा और कुछ उसके हाथ नहीं आया। भूख, प्यास और थकान के मारे उसे आँखों के आगे अन्धेरा दिखायी दे रहा था। आँगन में खड़े होकर उसने आवाज दी, "अमीना, भात हो गया री?"

लड़की कोठरी में से आहिस्ता से निकलकर चुपचाप खूँटी के सहारे खड़ी हो गयी।

जवाब न पाकर गफ़ूर चिल्लाकर बोल उठा, "हुआ भात? क्या कहा? नहीं हुआ। क्यों नहीं हुआ, बता?"

"चावल नहीं हैं बापू।"

"चावल नहीं हैं? सबेरे क्यों नहीं कहा मुझसे?"

"रात को तो कहा था!"

गफ़ूर ने मुँह बनाकर उसके स्वर की नकल करते हुए कहा, "रात को तो कहा था। रात को कहने से किसी को याद रहती है?" कर्कश कण्ठ से उसका क्रोध दूना बढ़ गया। वह चेहरे को अधिकतर विकृत करके कहने लगा, "चावल रहेगा कहाँ से। बीमार बाप खाये चाहे न खाये, धींगड़ी लड़की को चार-चार, पाँच-पाँच दफ़े *गटकने*[1] को चाहिए। आज से चावल मैं ताले में बन्द करके रखूँगा। ला, एक लोटा पानी दे, मारे प्यास के छाती फटी जाती है। कह दे, पानी भी नहीं है!"

अमीना उसी तरह सिर झुकाये खड़ी रही। कुछ देर बाद गफ़ूर जब समझ गया कि घर में पीने का पानी तक नहीं, तब तो वह अपने को सम्हाल न सका। उसने चट् से पास जाकर उसके गाल पर तड़-से एक तमाचा जड़ दिया और कहा, "कलमुँहीं, हरामजादी लड़की, दिन-भर तू किया क्या करती है? इतने लोग मरते हैं, तू क्यों नहीं मरती?"

---

1. खाने, निगलने।

लड़की ने कुछ जवाब नहीं दिया, मिट्टी की गागर उठाकर ऐसी कड़ाके की धूप में ही आँखें पोंछती हुई चुपचाप चल दी। मगर उसके आँख से ओझल होते ही गफूर की छाती में शूल-सा चुभने लगा। बग़ैर माँ की इस लड़की को उसने किस तरह पाल-पोसकर बड़ा किया है, सो वही जानता है।

वह सोचने लगा, उसकी इस *स्नेहमयी*[1] *कार्य-परायणा*[2] शान्त लड़की का कोई दोष नहीं है। खेत का जो थोड़ा-सा अनाज था, उसके निबट जाने के बाद से उसे दोनों समय भर-पेट खाने को भी नहीं मिलता। किसी दिन एक समय खाकर रह जाती है और किसी दिन वह भी नसीब नहीं होता। दिन में चार-चार, पाँच-पाँच बार खाने की बात जितनी असम्भव है, उतनी ही झूठ। और घर में पानी न रहने का कारण भी उससे छिपा न था। गाँव में जो दो-तीन तालाब हैं, वे बिलकुल सूख गये हैं। शिवचरण बाबू के पिछवाड़े के पोखर में जो थोड़ा-बहुत पानी है भी, वह सबको मिलता नहीं। और-और तालाबों में एक-आध जगह गड्ढा खोदकर जो कुछ पानी इकठ्ठा होता है, उसके लिए छीना-झपटी मच जाती है और वहाँ भीड़ भी बहुत रहती है। मुसलमान होने से वह उनके पास भी नहीं जा सकती। घण्टों दूर खड़ी रहने के बाद, बहुत मिन्नत करने पर कोई दया करके उसके बरतन में डाल दे, तो वह घर लाये। इस बात को वह जानता था। हो सकता है कि आज पानी न रहा हो, या छीना-झपटी के बीच किसी को लड़की पर कृपा करने का अवसर ही न मिला हो, ऐसी ही कोई बात हो गयी होगी, यह समझकर उसकी आँखों में आँसू भर आये।

इतने में जमींदार का पियादा यमदूत की तरह आँगन में आ खड़ा हुआ बोला, "गफूरा, घर में है क्या?"

गफूर ने तीखे स्वर में उत्तर दिया, "हूँ, क्यों क्या है?

"बाबू साहब बुला रहें, चल!"

गफूर ने कहा, "अभी मैंने खाया-पिया नहीं, पीछे जाऊँगा।"

इतना जबरदस्त हौसला पियादे से सहा नहीं गया। उसने एक भद्दा सम्बोधन करके कहा, "बाबू का हुक्म है, जूता मारते-मारते घसीटकर ले आने का।"

गफूर दूसरी बार अपने को भूल गया। उसने भी एक कटु शब्द का उच्चारण करते हुए कहा, "महारानी के राज्य में कोई किसी का गुलाम नहीं है। लगान देकर रहता हूँ, मुफ्त में नहीं! मैं नहीं आता।"

मगर संसार में इतने छोटे के लिए बड़े की दुहाई देना सिर्फ व्यर्थ ही नहीं, बल्कि विपत्ति का भी कारण है। यह तो खैर हुई कि इतना क्षीण कण्ठ उतने बड़े कानों तक पहुँचा नहीं... नहीं तो उनके मुँह का अन्न और आँखों की नींद ही जाती रहती।

---

1. स्नेह से पूर्ण। 2. कार्य करने के प्रति निष्ठावान।

इसके बाद क्या हुआ, विस्तार से कहने की ज़रूरत नहीं, लेकिन घण्टे-भर बाद जब वह जमींदार के सदर से लौटकर घर आया, तो चुपचाप पड़ा रहा। तब उसका चेहरा और आँखें सब फूल रही थीं। उसकी सजा का प्रधान कारण है- महेश। उसके घर से बाहर निकलने के बाद ही वह *पगहा*[1] तोड़कर भाग खड़ा हुआ और जमींदार के सहन में जाकर उसने फूलों के सारे पौधे नष्ट कर डाले। अन्त में पकड़ने की कोशिश की गयी, तो वह बाबू साहब की छोटी लड़की को पटककर भाग गया। ऐसी घटना यह पहले-पहल हुई हो, सो बात नहीं, इसके पहले भी हुई है, पर गरीब होने से उसे माफ़ कर दिया जाता था, परन्तु प्रजा होकर उसका यह कह देना कि वह लगान देकर रहता है और किसी का गुलाम नहीं, जमींदार से किसी भी तरह सहा नहीं गया। वहाँ उसने पिटने और बेइज्जत होने का तनिक भी प्रतिवाद नहीं किया। सबकुछ मुँह बन्द करके सह लिया और घर आकर भी उसी तरह मुँह बन्द करके पड़ा रहा। भूख-प्यास की बात उसे याद नहीं रही, लेकिन छाती के भीतर मानो आग-सी जलने लगी। इस तरह कितनी देर बीत गयी, उसे कुछ होश नहीं, परन्तु आँगन से सहसा अपनी लड़की की कराह कान में पड़ते ही वह तड़ाक् से उठके खड़ा हो गया और लपका। बाहर जाकर देखता क्या है कि अमीना जमीन पर पड़ी है, उसकी फूटी गागर से पानी झर रहा है और महेश मिट्टी पर मुँह लगाये मानो मरुभूमि की तरह पानी सोख-सोखकर पी रहा है। आँखों की पलकें नहीं गिरीं, गफूर का होश-हवास जाता रहा। मरम्मत के लिए कल उसने अपने हल का सिरा खोल रखा था, उसी को दोनों हाथों से उठाकर उसने महेश के झुके हुए माथे पर जोर से दे मारा।

एक बार, सिर्फ एक बार महेश ने मुँह उठाने की कोशिश की, उसके बाद उसका भूखा-प्यासा कमजोर शरीर जमीन पर लुढ़क पड़ा और कान से थोड़ा-सा खून बह निकला। दो-तीन बार सारा शरीर थरथराकर काँप उठा, फिर सामने और पीछे के पैर जहाँ तक तन सकते थे, तन्नाकर महेश ने अन्तिम साँस छोड़ दी।

अमीना रो उठी, बोली, "यह क्या किया बापू? अपना महेश तो मर गया।"

गफूर टस-से-मस न हुआ, न कुछ जवाब दिया, सिर्फ एकटक दृष्टि से सामने पड़े हुए महेश की पथराई गहरी काली आँखों की तरफ देखता हुआ पत्थर की तरह निश्चल खड़ा रहा।

दो घण्टे के भीतर खबर पाकर, दूसरे गाँव के मोची आ जुटे और महेश

1. गले की रस्सी।

को बाँस में बाँधकर बीहड़ की तरफ ले चले। उनके हाथों में पैने चमकते हुए छुरे देखकर गफूर सिहर उठा, चट्-से उसने आँखें मींच लीं, उसके मुँह से एक शब्द तक नहीं निकला।

मोहल्ले के लोग कहने लगे, "तर्करत्न जी से व्यवस्था लेने के लिए जमींदार ने आदमी भेजा। प्रायश्चित का खर्च जुटाने में अब तेरा घर-द्वार तक बिक जायेगा!"

गफूर ने इन सब बातों का कोई जवाब नहीं दिया। वह घुटनों पर मुँह रखकर चुपचाप बैठा रहा।

बहुत रात बीते, गफूर ने लड़की को जगाकर कहा, "अमीना! चल हम लोग चलें यहाँ से..."

वह बरामदे में सो रही थी, आँखें मलती हुई उठकर बैठ गयी बोली, "कहाँ बापू?"

गफूर ने कहा, "फुलवाड़ी की जूट मिल में काम करने।"

लड़की आश्चर्य में पड़ गयी और बाप का मुँह ताकने लगी। इसके पहले बड़े-से-बड़े दुख में भी उसका बाप जूट मिल में काम करने को राज़ी न हुआ था। कह दिया करता था कि वहाँ धरम नहीं रहता, लड़कियों की इज्जत-आबरू नहीं रहती आदि।

गफूर ने कहा, "अब देरी मत कर बिटिया। बहुत दूर पैदल चलना है।"

अमीना पानी पीने का लोटा और पिता के खाने की पीतल की थाली साथ में ले रही थी, पर गफूर ने मना कर दिया, "ये सब रहने दे बिटिया, इनसे अपने महेश का *पिरासचित*[1] होगा।"

अन्धकारमय गहरे सन्नाटे में गफूर लड़की का हाथ पकड़कर घर से निकल पड़ा। गाँव में उसका कोई *आत्मीय*[2] नहीं था, लिहाज़ा किसी से कुछ कहने-सुनने की ज़रूरत नहीं थी। आँगन पार होकर रास्ते के किनारे उस बबूल के पेड़ के नीचे पहुँचते ही वह ठिठककर खड़ा हो गया और फूट-फूटकर रोने लगा। तारों से जड़े काले आसमान की तरफ मुँह उठाकर कहने लगा, "अल्लाह! मेरा महेश प्यासा मर गया। उसके चरने-खाने तक को किसी ने जमीन नहीं दी। मुझे जितनी चाहे सज़ा दे लो, मगर जिसने तुम्हारी दी हुई घास और तुम्हारा दिया हुआ पानी उसे पीने नहीं दिया, उसका कसूर तुम कभी माफ़ मत करना।"

---

1.   प्रायश्चित। 2. अपना सगा।

शिक्षा

क्रोध अनर्थ की जड़ है, उससे बचो।

सन्देश

➤ दरिद्रता अनेक दुखों और समस्याओं की माँ है।

➤ पाखण्डी लोग दूसरे धर्म वालों पर अनेक लांछन लगाते हैं, खुद वे अपना चरित्र को नहीं देखते।

➤ मनुष्य का सबसे बड़ा पाप उसकी गरीबी ही है।

विभूतिभूषण बन्द्योपाध्याय

जन्म: 12 सितम्बर 1894
मृत्यु: 1 नवम्बर 1950

विभूतिभूषण बन्द्योपाध्याय का जन्म बंगाल के काँचड़ा पाड़ा गाँव में हुआ था। उनके पिता का नाम महानन्द बन्द्योपाध्याय और माता का नाम मृणालिनी था। पाँच भाई-बहनों में वे सबसे बड़े थे। बन्द्योपाध्याय परिवार पहले बशीर हाट के पास पानितर नामक ग्राम का मूल निवासी था। इनकी पारिवारिक वृत्ति वैद्यगिरी थी। विभूतिभूषण के परदादा भी वैद्य थे और इसी काम से वे बनगाँ-बाराकपुर आये थे।

रोगियों की चिकित्सा के लिए वैद्यजी को यह गाँव रुच गया और वे यहीं बस गये। यहाँ आकर विभूतिभूषण के पिता महानन्द वैद्य का धन्धा न अपनाकर काशी गये और शास्त्री बनकर लौटे तथा उन्होंने कथावाचक का व्यवसाय अपनाया। उनको कथा-वाचन के लिए बुलावे आते और विभूतिभूषण भी उनके साथ हो लेते। किन्तु उनकी आर्थिक स्थिति ठीक नहीं थी।

पाँच वर्ष की आयु में गाँव की पाठशाला में विभूतिभूषण की शिक्षा आरम्भ

हुई, किन्तु कथावाचक पिता के साथ उन्हें भी विभिन्न स्थानों पर जाना पड़ा। 14 वर्ष की अवस्था में वे बनगाँ हाईस्कूल में पाँचवीं कक्षा में भरती हुए। प्रतिदिन छः मील की पैदल यात्रा करके विद्यालय में जाना पड़ता था। 1914 ई. में विभूतिभूषण मैट्रिक परीक्षा प्रथम श्रेणी में उत्तीर्ण हुए।

इसी प्रकार 1916 में आई. ए. की परीक्षा भी प्रथम श्रेणी में ही उत्तीर्ण हुए तथा 1918 में बी. ए. की परीक्षा समाप्त होने पर अपनी पत्नी गौरादेवी के साथ बराकपुर गाँव लौटे।

दुर्भाग्यवश उनकी पत्नी का निधन 1925 ई. में हो गया। इसी प्रकार जिन्दगी के अनेक उतार-चढ़ाव झेलते हुए 5 अप्रैल 1930 को उनका रवीन्द्रनाथ टैगोर से प्रथम परिचय हुआ। 29 अक्टूबर 1950 को भोजन करते समय विभूतिभूषण अचानक अस्वस्थ हो गये। उसी अवस्था में उन्हें घाटशिला लाया गया और तीन दिन पश्चात् यानी 1 नवम्बर 1950 को परलोक सिधार गये।

बंकिमचन्द्र, रवीन्द्रनाथ और शरत् चन्द्र के बाद की पीढ़ी के बँगला साहित्यकार के रूप में विभूतिभूषण सर्वाधिक महत्त्वपूर्ण हस्ताक्षर हैं। स्वच्छन्दतावादी धारा के अनन्य कथाकार के रूप में अपनी कृतियों में ग्राम-समाज के शोषण एवं हाहाकार, स्वभाव और अभाव का जैसा प्रामाणिक एवं मार्मिक चित्रण इन्होंने किया, अत्यन्त दुर्लभ है। 'पथेर पांचाली और अपराजिता जैसी कृतियाँ उनकी प्रसिद्धि के महत्त्वपूर्ण शिखर हैं। इसी प्रकार कथा-साहित्य में भी वे बेजोड़ हैं। प्रस्तुत संग्रह में उनकी दो कहानियाँ दी जा रही हैं, जो उनकी रचनाधर्मिता की प्रमाण है।

5

तालनवमी

बँगला भाषा के अमर कथाकार विभूतिभूषण बन्द्योपाध्याय भारतीय कथा साहित्य में एक प्रकाशित नक्षत्र की तरह हैं। इन्होंने ग्राम-जीवन से जुड़ी समस्याओं, उनकी मनःस्थिति, उनकी आर्थिक, सामाजिक दशा और वहाँ के परिवेश को देखा-परखा और उसे अपनी रचनाओं का आधार बनाया। उनकी रचनाओं ने उन्हें एक श्रेष्ठ कथाकार के रूप में ख्याति दिलायी।

मूसलाधार वर्षा हो रही थी। भादो का महीना था। पिछले पन्द्रह दिनों से लगातार पानी बरस रहा था, जो रुकने का नाम ही नहीं ले रहा था। गाँव के खुदीराम भट्टाचार्य के यहाँ आज दो दिनों से चूल्हा नहीं जला था।

खुदीराम मामूली आयवाला गृहस्थ था। खेतों से होनेवाली थोड़ी-सी आय और दो-चार यजमानों तथा शिष्यों के यहाँ से जो कुछ दान-दक्षिणा मिल जाती थी, उससे उसकी गृहस्थी की गाड़ी किसी तरह खिंच जाती। इस भयानक बारिश में गाँव के कितने ही घरों के बच्चों के मुँह में अन्न का दाना तक नहीं गया था, खुदीराम तो एक मामूली गृहस्थ था। यजमानों के यहाँ से जो थोड़ा-बहुत धान उसे मिला था, वह समाप्त हो चुका था। भादो के अन्त में जब किसानों के घर में नया धान आयेगा, तब उसे भी कुछ मिलेगा। तभी उसके बच्चों को पेट भरकर खाना नसीब होगा।

खुदीराम के दो बच्चे थे-नेपाल और गोपाल। नेपाल की उम्र बारह साल की थी और गोपाल दस साल था। कुछ दिनों से पेट भर खाना न मिलने के कारण दोनों भाई चिड़चिड़े हो गये थे।

नेपाल ने पूछा, "गोपाल, तुझे भूख लगी होगी न?"

गोपाल मछली पकड़ने की बंसी छीलते हुए बोला, "हाँ भैया!"

"माँ से माँगता क्यों नहीं? मेरे पेट में भी चूहे कूद रहे हैं।"

"माँ बिगड़ती है। तुम्हीं चले जाओ भैया!"

"बिगड़ने दे! मेरा नाम लेकर माँ से कह नहीं सकता?"

तभी मुहल्ले के शिबू बनर्जी के लड़के चुनी को आते देखकर नेपाल ने उसे

पुकारा, "अरे ओ चुनी! जरा इधर आ।"

चुनी उम्र में नेपाल से बड़ा था। वह खाते-पीते घर का लड़का था। वह देखने-सुनने में भी बुरा नहीं था। नेपाल की बात सुनकर वह उसके आँगन के बाड़े के पास आकर बोला, "क्या बात है?"

"अन्दर आ जा।"

"नहीं, अन्दर नहीं आऊँगा। दिन ढल रहा है। मैं जटी बुआ के यहाँ जा रहा हूँ। माँ वहीं पर है। उसे बुलाने जा रहा हूँ।"

"इस घड़ी तेरी माँ वहाँ क्या कर रही है?"

"उनके यहाँ दाल दलने गयी है। मंगलवार को ताल (ताड़) नवमी का व्रत है। उनके घर में दावत होगी।"

"सचमुच?"

"तुझे पता नहीं? हमारे घर के सभी लोगों को न्योता दिया गया है। गाँव के और लोगों को भी बुलायेंगे।"

"हमें भी बुलायेंगे?"

"जब सभी को न्योता दे रहे हैं, तो तुम्हीं को क्यों छोड़ देंगे?"

चुनी के चले जाने के बाद नेपाल ने अपने छोटे भाई से कहा, "आज कौन-सा दिन है, तुझे पता है? शायद शुक्रवार है। मंगलवार को दावत है।"

गोपाल ने कहा, "कितना मजा आयेगा! है न भैया!"

"तू चुप रह, तुझे अक्ल-वक्ल नहीं है। तालनवमी के व्रत के दिन ताड़ के बड़े बनते हैं। तुझे पता है?"

गोपाल को यह पता नहीं था। लेकिन बड़े भाई से यह जानकारी पाकर वह खुश हो गया। अगर यह सच है, तब जल्दी ही बढ़िया पकवान खाने को मिलेंगे, इसमें देर नहीं थी। उसे यह पता नहीं था कि आज कौन-सा दिन है, मगर इतना जानता था कि दावत मंगलवार को ही है, जो अब दूर नहीं था।

जटी बुआ का घर पास में ही पड़ता था। नेपाल ने कहा, "तू यहाँ ठहर, मैं जरा अन्दर जाकर पता कर आऊँ। उनके यहाँ ताड़ की जरूरत तो होगी ही, शायद वे लोग ताड़ खरीद लें।"

उस गाँव में ताड़ के पेड़ नहीं थे। आगे मैदान में एक बहुत बड़ी *ताड़दीघी*[1] थी। नेपाल वहाँ से जमीन पर गिरे ताड़ बटोरकर गाँव में लाकर बेचता था।

---

1. ताड़ का बाग।

जटी बुआ सामने ही खड़ी थीं। वे उसी गाँव के नटवर मुखर्जी की पत्नी थीं। उनका असली नाम हरिमती था। गाँव के बच्चे उन्हें जटी बुआ कहकर बुलाते थे।

बुआ ने पूछा, "क्या है रे?"

"तुम्हें ताड़ की ज़रूरत है बुआ?"

"हाँ है तो! इसी मंगलवार का ज़रूरत पड़ेगी।"

तभी गोपाल भी अपने भाई के पीछे आकर खड़ा हो गया। जटी बुआ ने पूछा, "पीछे कौन खड़ा है रे गोपाल! शाम के वक्त तुम दोनों भाई कहाँ गये थे?"

गोपाल ने लजाते हुए कहा, "मछली पकड़ने।"

"मिली?"

"दो पूँटी मछलियाँ और एक छोटी बेले मछली।... तो अब जाऊँ बुआ?"

"हाँ, अब जाओ बेटा, साँझ हो गयी है। बरसात के मौसम में अन्धेरे में घूमना-फिरना ठीक नहीं।"

जटी बुआ ने ताड़ लेने के बारे में विशेष आग्रह नहीं दिखाया और न तालनवमी के व्रत के सिलसिले में उन्हें न्योता देने की बात ही कही। हालाँकि दोनों ने सोचा यही था कि उन्हें देखते ही जटी बुआ उन्हें न्योते पर बुला लेंगी। बाहर निकलते-निकलते नेपाल ने एक बार फिर पीछे मुड़कर पूछा, "तो आप ताड़ लेंगी न?"

"ताड़! हाँ ठीक है, दे जाना। मगर पैसे के कितने ताड़ दोगे?"

"पैसे के दो देता हूँ। जब आप ले रही हैं तो आप पैसे के तीन ले लीजियेगा।"

"बढ़िया काले पके ताड़ होंगे न? तालनवमी के दिन हमारे यहाँ ताड़ के पीठे बनेंगे। मुझे खूब बढ़िया ताड़ चाहिए।"

"बिलकुल पके काले ताड़ ही लाऊँगा। आप निश्चिन्त रहें।"

गोपाल ने घर से निकलते ही अपने भाई से पूछा, "भैया, इनके यहाँ ताड़ कब दोगे?"

"कल।"

"भैया, तुम उनसे पैसे मत लेना।"

नेपाल ने चौंकते हुए पूछा, "क्यों?"

"जब ऐसा करोगे, तभी वे हमें न्योता देंगी, देख लेना।"

"धत्! मैं ऐसा नहीं कर सकता। मैं इतनी तकलीफ़ करके ताड़ लाऊँ और बिना पैसे लिये दे दूँ?"

रात में पानी बरसने लगा। साथ में तेज बरसाती हवा भी बहने लगी। पूरब की ओर खिड़की के *पल्ले*[1] सुतली से बँधे हुए थे। हवा के धक्के से सुतली टूट जाने से रात भर इस आँधी-पानी में वे पल्ले खट-खट की आवाज करते रहे। गोपाल को नींद नहीं आयी। उसे डर लग रहा था। वह लेटा-लेटा सोच रहा था, अगर भैया उनसे ताड़ के पैसे ले लेगा, तो शायद वे लोग उन्हें दावत पर न बुलायें। फिर क्यों बुलायेंगे?

खूब तड़के उठकर गोपाल ने देखा, घर के सभी लोग सो रहे थे। अभी तक कोई जगा नहीं था। रात भर होने वाली बारिश थम चुकी थी, बस बूँदा-बाँदी हो रही थी। गोपाल दौड़ता हुआ गाँव के बाहर की तालदीघी के पास चला गया। वहाँ चारों तरफ घुटनों भर पानी और कीचड़ भरा था। गाँव के उत्तरी *पाड़ा*[2] का गणेश कौरा कन्धे पर हल उठाये इतनी सुबह अपने खेत में जा रहा था। उसने पूछा, "अरे *खोका*[3] ठाकुर, इतने भोर में कहाँ चल दिये?"

"तालाब के किनारे ताड़ बटोरने जा रहा हूँ।"

"वहाँ साँप बहुत हैं मुन्ना! बरसात में अकेले उस तरफ मत जाना।"

गोपाल डरते-डरते दीघी के ताड पोखर के ताड़बन में घुसकर ताड़ ढूँढ़ने लगा। उसे दो बड़े और खूब काले ताड़ उसे पानी के करीब पड़े नजर आये। छोटा होने के कारण दोनो ताड़ लेकर वह भागा-भागा जटी बुआ के यहाँ पहुँच गया।

जटी बुआ ठीक उसी समय घर के सामने वाला दरवाजा खोलकर पानी छिड़क रही थीं। उसे सुबह-सुबह वहाँ देखकर वे आश्चर्य से बोलीं, "क्या बात है मुन्ना?"

गोपाल ने भरपूर मुस्कान के साथ कहा, "बुआ, मैं तुम्हारे लिए ताड़ ले लाया हूँ।"

जटी बुआ ने उससे वे दोनों ताड़ ले लिये और बिना कुछ कहे अन्दर चली गयीं।

गोपाल ने सोचा कि एक बार पूछ ले कि तालनवमी कब है? मगर उसकी हिम्मत नहीं पड़ी।

दिन भर गोपाल का यह हाल रहा कि खेलते-खेलते भी उसका मन कहीं और चला जाता था। मूसलाधार बरसात की दोपहरी में उसने सिर उठाकर देखा नारियल के पेड़ की फुनगी से पत्तों पर टपकती हुई पानी की बूँदें नीचे झड़ रही थीं। बाँस के पेड़ बरसाती हवा के झोंके से दोहरे हुए जा रहे थे। बकुलतला के पोखर में मेढकों का झुण्ड रह-रहकर टर्रा रहा था।

---

1. दरवाजे। 2. टोला। 3. लड़के।

गोपाल ने पूछा, "माँ! आजकल मेढ़क पहले-जैसा क्यों नहीं टर्राते?"

माँ बोली, "वे ताजा पानी में खुश होकर टर्राते हैं। बासी पानी में उन्हें उतना मजा नहीं आता।"

"आज कौन-सा दिन है माँ?"

"सोमवार! मगर तुझे क्या? इसे जानने की तुझे क्या ज़रूरत आ पड़ी?"

"मंगलवार को तालनवमी है न माँ?"

"शायद! ठीक बता नहीं सकती। खुद की हाँड़ी में भात नहीं जुटता, तालनवमी के बारे में जानकर मैं क्या करूँगी?"

पूरा दिन बीत गया। नेपाल ने शाम के वक्त उससे पूछा, "तू आज जटी बुआ के घर में ताड़ देने गया था? तुझे ताड़ कहाँ से मिले? मैं ताड़ लेकर पहुँचा, तो जटी बुआ बोलीं, "गोपाल आकर ताड़ दे गया है। पैसे भी नहीं लिये। तुझे मुफ्त में ताड़ देने की क्या जरूरत थी? अगर हमें एक पैसा मिल जाता, तो उससे हम दोनों भाई खरीदकर खा सकते थे।"

"देखना भैया, हमें भी न्योता मिलेगा। कल ही तालनवमी है।"

"वह तो ऐसे भी मिलेगा, पैसा लेने पर भी न्योता मिलता है। तू बिलकुल बुद्धू है।"

"अच्छा भैया, कल ही मंगलवार है न?"

रात में उत्तेजना के मारे गोपाल को नींद नहीं आयी। उसके मकान की बगल में बड़े बकुल के पेड़ पर जुगनुओं का झुण्ड जगमगा रहा था। खिड़की से बाहर देखते हुए वह एक ही बात सोच रहा था कि कब सुबह होगी, कितनी देर बाद यह रात ख़त्म होगी। यही सोचते-सोचते वह सपने में खो गया।

जटी बुआ ने उसे खिलाते वक्त प्यार से पूछा, "मुन्ना! लौकी की सब्जी और लेगा? थोड़ी-सी मूँग की दाल और लेकर अच्छी तरह भात *सान*[1] ले।"

जटी बुआ की बड़ी बेटी लावण्य दी एक बड़ी थाली में गरमा गरम तले हुए तिलबड़े, पीठे लाकर उसके सामने रखकर हँसते हुए बोलीं, "मुन्ना! तू कितने तिल पीठे खायेगा?" यह कहते हुए लावण्य दी ने पूरा थाल ही उसके पत्तल पर उड़ेल दिया। इसके बाद जटी बुआ खीर और ताड़ के बड़े लेकर आयीं। वे हँसते हुए बोलीं, "मुन्ना! तूने हमें जो ताड़ लाकर दिये थे, उसी से यह खीर बनी है। खा ले, खूब जी भरकर खा ले। आज तालनवमी है न! उस वक्त पूरे वातावरण में तरह-तरह की स्वादिष्ट सब्जियों की खुशबू समायी हुई थी। हवा में खजूर, गुड़ की खीर

---

1. मिला ले।

की सुगन्ध भी बसी हुई थी। गोपाल का मन खुशी और आनन्द से नाच उठा। वह बैठा-बैठा बस खाये ही जा रहा था, उठने का नाम नहीं ले रहा था। उसके साथ खाना खानेवाले अपना खाना खत्म कर चुके थे, मगर वह अभी तक खाता ही जा रहा था। लावण्य दी हँसते हुए पूछ रही थीं, "तुझे थोड़े-से तिल पीठे और दूँ?"

"अरे ओ गोपाल!"

अचानक गोपाल ने आँखें खोलकर देखा, खिड़की के पास बरसात में भीगे हुए पेड़-झाड़ नजर आ रहे थे। अपना जाना-पहचाना शरीफे का पेड़ भी था। वह अपने कमरे में लेटा हुआ था। माँ के जगाने पर उसकी नींद टूटी थी। माँ उसके पास खड़ी हुई कह रही थी, "अब उठ, काफी दिन चढ़ आया है। बादलों के कारण पता नहीं चल रहा है।"

वह बेवकूफों की तरह आँखें फाड़कर अपनी माँ को देखने लगा।

"माँ, आज कौन-सा दिन है?"

"मंगलवार।"

हाँ, आज ही तो तालनवमी है। नींद में वह न जाने कैसे ऊलजलूल सपने देख रहा था।

दिन और भी चढ़ गया था। हालाँकि बदली-बारिश का दिन होने से व़क्त का ठीक से पता नहीं चल रहा था। गोपाल अपने मकान के दरवाजे के बाहर लकड़ी के एक कुन्दे पर आसन जमाकर बैठ गया। पानी बरसना बन्द हो चुका था, मगर आसमान में घने बादल छाये हुए थे। बरसाती हवा के कारण शरीर में हल्की कँपकँपी भी हो रही थी। गोपाल आस लगाये बैठा रहा। सोच रहा था जटी बुआ के घर से कोई न्योता देने क्यों नहीं आया?

दिन काफी चढ़ जाने के बाद उसके मुहल्ले के जगबन्धु चक्रवर्ती अपने बाल-बच्चों को लेकर सामने की सड़क से गुजरते हुए नजर आये। उनके पीछे राखाल राय और उनका बेटा सोनू था। उसके पीछे कालीवर बनर्जी का बड़ा बेटा पाँचू और दूसरे मुहल्ले का हरेन...

गोपाल ने सोचा, "ये लोग कहाँ जा रहे हैं?"

उनके चले जाने के थोड़ी देर बाद बूढ़े नवीन भट्टाचार्य और उनका छोटा भाई दीनू अपने साथ बाल-बच्चों को लेकर जाते हुए नज़र आये।

दीनू भट्टाचार्य का बेटा कूड़ोराम उसे देखकर बोला, "तू यहाँ चुपचाप बैठा क्यों है रे, जायेगा नहीं?"

"तुम लोग कहाँ जा रहे हो?"

"जटी बुआ के घर तालनवमी के न्योते पर। तुम लोगों को न्योता नहीं मिला? वैसे भी उन्होंने कुछ गिने-चुने लोगों को ही बुलाया है, सभी को न्योता नहीं दिया है।"

गोपाल अचानक गुस्से और अभिमान से बौखला गया। वह गुस्से में उठकर खड़ा हो गया। बोला, "वे हमें न्योता क्यों नहीं देंगे? सिर्फ तुम्हीं को देंगे? हमें भी जरूर बुलायेंगे। हम थोड़ी देर बाद जायेंगे।"

उसे खिझानेवाली कौन-सी बात उसने कह दी थी, इसे न समझकर कूड़ोराम ने हैरानी से कहा, "अरे वाह, तू इतना भड़क क्यों गया? बात क्या है?"

उसके चले जाने के बाद गोपाल की आँखें भर आयीं। शायद इस दुनिया का अन्याय देखकर। वह कई दिनों से इन्तज़ार में बैठा था। लेकिन वह बस इन्तज़ार ही करता रह गया। आँसुओं से धुँधली हुई उसकी नज़र के सामने उसी के मुहल्ले के हारू, हितेन, देवेन, गुटके अपने-अपने पिता और चाचा के साथ एक-एक करके उसके घर के सामने से होते हुए जटी बुआ के घर की ओर चले गये...।

शिक्षा

गरीबी और सामाजिक उपेक्षा एक-दूसरे की सगी बहनें हैं।

सन्देश

➢ आवश्यकता से अधिक आशा किसी से न करो।

➢ समाज में लोग अपने स्तर के अनुरूप ही किसी से व्यवहार बनाते हैं।

➢ रूखी-सूखी खाय के, ठण्डा पानी पीउ।
  देख परायी चूपड़ी मम ललचावे जीउ।

6

चावल

विभूतिभूषण बन्द्योपाध्याय का जन्म एक गरीब ग्रामीण परिवार में हुआ। प्रारम्भिक शिक्षा गाँव में ही प्राप्त की। मानवीय मूल्यों, शोषितों के प्रति सहानुभूति और गरीबी का सजीव चित्रण करने के लिए विख्यात विभूतिभूषण ने अपनी रचनाओं द्वारा एक बड़ा पाठक वर्ग तैयार किया। वे सभी आयु वर्ग और पीढ़ी के लिए एक सर्वमान्य लेखक के रूप में समादरित हुए।

यह मानभूमि के *ढूहोंवाली*[1] जंगली जगह थी। थोड़ी दूर पर एक *विराट*[2] पर्वतश्रेणी जाने कहाँ तक चली गयी थी? बसन्त के आखिरी दिन थे। पलाश के फूलों से सारा जंगल खिल उठा था। *नाकटिटाँड़*[3] के एक ऊँचे टीले से मैं जितनी दूर देख पाता था सिर्फ लाल पलाश के जंगल ही नजर आते थे, जो नीली पर्वतश्रेणी की गोद तक चले गये थे।

यहाँ मैं एक काम से जंगल देखने आया था। यहाँ से निकट ही सड़क के किनारे पलाशवन के आख़िरी छोर के डाक बँगले में मैं ठहरा था। जंगल की लकड़ियों से होने वाली आय का अनुमान लगाने के लिए मैं घूमता रहता था। एक दिन शाम ढलने से पहले मैं नाकटिटाँड़ के जंगल से लौट रहा था। मैंने देखा कि रास्ते के किनारे एक हर्र के पेड़ के नीचे बैठकर एक आदमी और एक छोटी बच्ची अपनी पोटली खोलकर कुछ खा रहे थे। इस निर्जन जगह, जहाँ चारों तरफ़ कोई नहीं था, शाम ढलने ही वाली थी और सामने बाघमुत्ती का जंगली रास्ता था, ऐसे वक़्त उस आदमी को देखकर मुझे उसके बारे में जानने का कौतूहल हुआ। इसलिए मैं उधर ही चला गया।

उस आदमी का चेहरा देखकर उसकी उम्र के बारे में अनुमान लगाना मुश्किल था। उसके सिर के बाल अधपके थे। उसकी पोटली में दो फटे कपड़े, एक कथरी और लगभग दो सेर मक्का तथा चाय या बिस्कुट का एक ख़ाली टिन था। शायद वही हर तरह के बर्तनों का अभाव पूरा कर रहा था। वह बच्ची चार या पाँच साल की रही होगी। वह एक गन्दा फटा कपड़ा पहने थी। उसकी कमर में एक काला डोरा बँधा था।

---

1. मिट्टी के टीले वाली। 2. बड़े आकार। 3. एक स्थान का नाम।

मैंने पूछा, "तुम लोग कहाँ जाओगे, तुम्हारा घर कहाँ है?"

उस आदमी ने मानभूमि वाली भाषा में कहाँ, "तोड़ाँग में बाबू...! थोड़ी आग होगी?"

"दियासलाई? रुको देता हूँ...। तोड़ाँग यहाँ से कितनी दूर है?"

"यहाँ से थोड़ी दूर है। पाँच कोस होगा।"

"इस वक़्त शाम को कहाँ से आ रहे हो?"

"यहीं... पुरुलिया से...। ज़रा आग दो बाबू। देह बेहद टूट रही है। यह लड़की जब दो माह की थी, इसकी माँ मर गयी थी। इस लड़की को अकेला छोड़कर जंगल में लकड़ी काटने नहीं जा सकता था, इसलिए पुरुलिया चला गया था। दो साल वहाँ भीख माँगते हुए बीते।"

उस आदमी के कहने के लहज़े ने मुझे उसकी तरफ़ *आकृष्ट*[1] किया। डाक बँगले में इस वक़्त लौटकर करना भी क्या था! वहाँ भी कोई संगी-साथी नहीं था। इससे तो बेहतर था कि इससे ही थोड़ी देर बात करता। नज़दीक ही एक बड़ा पत्थर पड़ा था। उस पर बैठकर मैंने उसे एक बीड़ी दी। एक बीड़ी ख़ुद भी सुलगायी। उस आदमी का घर यहाँ से शायद पाँच-छः कोस दूर एक छोटे-से जंगली गाँव में था, जो बाघमुत्ती और झालदा पर्वतश्रेणी तथा जंगल के बीच किसी एकान्त *छायागहन*[2] तराई में पलाश, महुआ, बरगद वग़ैरह पेड़ों के नीचे बसा होगा। उस आदमी के दो बच्चे पैदा होकर मर जाने के बाद यह लड़की हुई थी। जब वह दो माह की थी, तब उसकी माँ भी मर गयी। वह आदमी जंगल की लकड़ियाँ काटकर गाँव के दूसरे लोगों की तरह चन्दनकियारी के हाट में बेचता था। लेकिन अब उसके पीछे घर में उस दो माह की लड़की को कौन देखता? उसे साथ लेकर ऊँचे पहाड़ पर धूप और वर्षा में वह किस तरह लकड़ियाँ काटता? इसलिए घर में ताला लगाकर वह रोज़गार की तलाश में पुरुलिया शहर चला गया था।

मैंने पूछा, "लकड़ियाँ बेचकर कितने पैसे मिल जाते होंगे?"

उसने बीड़ी का कश लेकर कहा, "एक गट्ठर के लिए तीन-चार आने मिलते थे। जंगल का टैक्स दो पैसे लगता था। चावल सस्ता था। दो लोगों का पेट किसी तरह भर जाता था। फिर यह लड़की पैदा हुई। इसके पैदा होने के बाद इसकी माँ मर गयी। उस वक़्त इस नन्हीं-सी जान को छोड़कर जंगल में जाने का मन नहीं हुआ। सोचा पुरुलिया चला जाऊँ। बड़ा शहर है। दो लोगों के खाने भर का इन्तज़ाम तो हो ही जायेगा।"

"क्या पुरुलिया बड़ा शहर है?"

---

1. आकर्षित 2. गहरी छाया।

"हाँ बाबू, दो साल तक उस शहर के ओर-छोर का ही मुझे पता नहीं चला। बहुत बड़ा शहर है बाबू!" मैंने उसे एक और बीड़ी पीने के लिए दी। हमारी बातों का सिलसिला जम गया था। मैंने इसके बाद पूछा, "फिर?"

इसके बाद वह पुरुलिया में कैसे पहुँचा, उसने इसकी कहानी बतायी। उसके पड़ोसी गाँव का एक आदमी पुरुलिया शहर में कोई काम करता था, उसका पता ढूँढ़ने में पूरा दिन लग गया। ढूँढ़ते-ढूँढ़ते शाम हो गयी। तब वह एक अमीर आदमी के घर के फाटक पर अपनी लड़की का हाथ पकड़कर भीख माँगने खड़ा हो गया। भीख में उसे दो पैसे मिले। दो पैसे का चना ख़रीदकर खाने के बाद बाप-बेटी एक पेड़ के नीचे रात बिताने के लिए लेट गये। मगर पुलिस ने वहाँ उन्हें सोने नहीं दिया। आधी रात को आकर लालटेन की रोशनी उनके चेहरे पर डालते हुए उसने कहा, "यह सोने की जगह नहीं है।" इसके दूसरे दिन उस परिचित आदमी के ठिकाने का पता चला। वहाँ पहुँचकर देखा कि वह अपने गाँव में अपने बारे में जितनी डींग हाँकता था, वह उतना बड़ा नहीं था। एक मामूली से दो कमरे के घर में वह अपनी बीवी के साथ रहता था। वह अपने सिर पर तम्बाकू की पिण्डी रखकर फेरी लगाकर बेचता था। कभी मिट्टी के घड़े थोक भाव में ख़रीदकर उनकी फेरी लगाता। यही सब छोटे-मोटे धन्धे वह करता था। हालाँकि उसने अपने बारे में गाँव में कह रखा था कि वह किसी बड़े साहब का *अर्दली*[1] है।

ख़ैर काफ़ी *अनुनय-विनय*[2] करने पर उसने रहने के लिए थोड़ी-सी जगह दे दी। घर के बाहर चबूतरे के एक कोने में उसने रहने के लिए जगह तो दे दी, मगर अपने खाने-पीने के लिए इन्तज़ाम के बारे में उसने कह दिया कि उसे ख़ुद ही करना पड़ेगा। दो साल जैसे-तैसे उसके यहाँ बीते। इसके बाद अकाल पड़ गया। चावल महँगा हो गया। शहर में चावल की क़ीमत बढ़कर अठारह रुपये मन (37½ किलो) हो गयी। अब लोग भीख देने में भी आनाकानी करने लगे थे। तब भी शायद किसी तरह दिन बीत जाते, मगर जिनके यहाँ वह रह रहा था, अब वे लोग उसे परेशान करने लगे। वे लोग नहीं चाहते थे कि वह वहाँ रहे। कहा, "हमारे रिश्तेदार आयेंगे, यह घर छोड़ दो।" रोज़ की खिचखिच से परेशान होकर आख़िर वे दोनों तीन दिन हुए शहर छोड़कर अपने गाँव तोड़ाँग जाने के लिए रवाना हुए।

वह लड़की ख़ाली बिस्कुट के टीन से बाजा बजा रही थी।

उसकी तरफ़ बड़ी ममता से देखकर उस आदमी ने कहा, "इसका नाम मैंने खुपी रखा है।"

---

1. चपरासी। 2. मिन्नत, निवेदन।

मैंने पिता के मन को खुश करने के लिए कहा, "खुपी! बड़ा प्यारा नाम है।"

पिता ने गर्व से भरकर कहा, "जी हाँ, खुपी!" इसके बाद उसने कहा "बाबू, तमाखू ख़रीदने के लिए दो पैसे देंगे?"

मैं थोड़े-से पैसे लेकर ही बाहर निकला था। इस जंगल में पैसे की ज़रूरत ही क्या थी? उसे मैं सिर्फ दो पैसे ही दे सका। खुपी ने न जाने अपने बाप से क्या कहा? फिर वह उसे अपने कन्धे पर बैठाकर रवाना हो गया। मैं उसे जाते हुए देखता रहा।

आगे रास्ता जहाँ पर ऊँचा हो गया था, वहाँ से उसके बाद का दृश्य नज़र नहीं आता था। वह आदमी उस जगह पहुँचकर अपनी बेटी को कन्धे पर बिठाये बग़ल में अपनी पोटली दबाये आगे जाता हुआ नज़र आया। उसी तरफ़ पश्चिमी आकाश पर सूरज डूब रहा था। रंगीन आसमान के पटल पर वह आदमी किसी तस्वीर की तरह ही लग रहा था। मैं पहले ही बता चुका हूँ कि वहाँ सड़क ऊँची हो जाने के कारण उससे आगे का कोई दृश्य नज़र नहीं आता था। वह सड़क वहाँ पर चक्रवात रेखा की तरह नज़र आ रही थी।

मैंने मन-ही-मन सोचा, उसके लिए न कहीं अन्न है, न रहने का ठिकाना। पाँच साल की अपनी बेटी को वह कितनी ममता से अपने कन्धे पर बिठाकर अपने गाँव लिये जा रहा था। इस दुर्दिन में वहाँ भी क्या उसे दो वक़्त का खाना नसीब होगा? जबकि वह पुरुलिया शहर में रहकर नहीं जुटा पाया। वह किस व्यर्थ आशा के फेर में पड़कर अपनी बेटी को साथ लेकर अपने गाँव जा रहा था? इधर जब मैं सब सोच रहा था, तब तक वह आदमी मेरी आँखों से ओझल हो चुका था।

यह बात पिछले महीने की थी। उस वक़्त भी चावल सोलह रुपये, अठारह रुपये मन था। इसके बाद वह बढ़कर बत्तीस रुपये, चालीस रुपये मन हो गया। ऐसे समय किसी काम के सिलसिले में मुझे बिहार से बाँगलादेश-पूर्वी बंगाल के कोमिल्ला ज़िले में जाना पड़ा। लोगों को इतने कष्ट में मैंने इसके पहले कभी नहीं देखा था-अपनी आँखों से देखे बिना यक़ीन करना मुश्किल था।

जिस रिश्तेदार के घर में मैं ठहरा था, उनके घर में शाम से लेकर काफ़ी रात तक कमज़ोर, भूखे, कंकाल-जैसे बच्चे-बूढ़े और अधेड़ आकर अपने टूटे-फूटे कटोरे ऊपर उठाकर, उसे दिखाकर भीख माँगते थे। कहते थे, "थोड़ा-सा *माँड़*[1]!" भूख की न जाने कितनी मर्मभेदी कहानियाँ मैं कोमिल्ला से लौटते हुए रास्तेभर, यहाँ तक कि स्टीमर और गाड़ी में भी सुनता हुआ आया।

---

1. चावल पकने पर उसका निकाला गया गाढ़ा पानी।

बिहार में आकर देखा, यहाँ भी वही हाल था। बहेरोगोड़ा स्कूल की बोर्डिंग की नाली से भात का जो माँड़ निकलता था, उसे लेने के लिए भूखे बच्चे हाथ में कटोरे लेकर दोनों वक़्त बैठे रहते थे। उसी के लिए कितनी छीना-झपटी मची रहती थी।

हेडमास्टर ने मुझे बताया, "इस गाँव के डोम और कहारों के बच्चे भात के माँड़ के लिए ही पड़े रहते हैं। आँख खुलते ही वे चले आते हैं, फिर रात नौ बजे तक यहीं बैठे रहते हैं। थोड़े-से भात के लिए वे कुत्तों तक से छीना-झपटी करते हैं।"

मैं पुरुलिया से आद्रा जा रहा था। प्लेटफार्म पर खाने की दुकान से खाना खाकर लोगों ने जहाँ पर पत्तल फेके थे, उन्हीं पत्तलों को नंग-धड़ंग, हड्डियों के ढाँचेवाले छोटे-छोटे बच्चे चाट रहे थे, हालाँकि उन पत्तलों में कुछ रहता नहीं था। वे क्या चाटते रहते थे, इसे वे ही जानते होंगे।

ऐसी हालत में भादो के अन्त में मैं एक ऐसी जगह पहुँचा, जहाँ पर काफ़ी लोग एक बड़े ठेकेदार के अधीन डाइनामाइट से पत्थर तोड़ने के काम में लगे हुए थे। जंगलों से ये लोग पत्थर तोड़कर टाटानगर भेजते थे। स्थानीय जमींदार से नया ठेका लेकर उस पत्थर खदान में काम चल रहा था।

एक दिन वहाँ के छोटे-से डाक्टर के दवाखाने के सामने भीड़ देखकर मैं उधर चला गया। दवाखाने के सँकरे बरामदे में एक मजदूर लेटा हुआ था। उसकी पीठ पर पट्टी बँधी थी। घाव से बहता हुआ खून सीमेण्ट का फर्श भिगो रहा था।

मैंने पूछा, "इसे क्या हो गया?"

डाक्टर बाबू ने कहा, "इस तरह की दुर्घटना महीने में एकाध बार हो ही जाती है। बारूद से विस्फोट करते वक़्त एक पत्थर के टुकड़े की चपेट से इसकी रीढ़ की हड्डी चकनाचूर हो गयी है। मैंने टाँका लगा दिया है। अब इसे टाटानगर अस्पताल पहुँचना है। सिर्फ़ एम्बुलेंस का इन्तजार है।"

भीड़ में जगह बनाकर मैंने नज़दीक जाकर देखा, एक पाँच-छः साल की लड़की उस आदमी से कुछ दूर बैठी हुई थी। मगर वह ज़रा भी रो नहीं रही थी। चुपचाप बैठी मुँह में तिनका दबाये उसे चबा रही थी।

मैं उसे देखते ही पहचान गया। वह आठ महीने पहले मानभूमि के जंगल में मिली वही नन्हीं-सी लड़की खुपी थी।

घायल मजदूर के चेहरे को अच्छी तरह से देखकर मैं पहचान गया कि वही खुपी का पिता था, जिसने गर्व से कहा था, "मैंने इसका नाम खुपी रखा है।"

मैंने आस-पास के एक-दो लोगों से पूछा, "यह आदमी कहाँ से आया है, पता है?"

किसी ने बताया, "जी, मानभूमि जिला से।"

"किस गाँव का है?"

"तोड़ाँग!"

"इसका कोई नज़दीकी रिश्तेदार यहाँ नहीं है?"

"जी, और कौन होगा? बस उसकी बच्ची ही है। न जाने कितनी दूर-दूर से लोग यहाँ काम करने आते हैं। यहाँ चावल मिलता है न, इसलिए।"

"कम्पनी कितना चावल देती है?"

"सप्ताह में फ़ी आदमी पाँच सेर।"

यह सब सुनकर खुपी के बाप के बारे में काफ़ी कुछ मैंने अन्दाजा लगा लिया। गाँव में लौटकर उसने देखा होगा कि उसका मकान टूट गया है, चावल का अभाव था, चावल मिलते भी, तो उसे खरीदना उसके बूते[1] का नहीं था। मक्का और उड़द की दाल, फिर जंगली अरुई और ज़मींकन्द खाकर जितने दिनों तक चल सका होगा, किसी तरह उसने काम चलाया होगा। यह मैं इसलिए कह रहा हूँ, क्योंकि इसी से मिलता-जुलता इतिहास मैं कई इलाक़ों से आये मज़दूरों के मुँह से सुन चुका था। पैसा देने पर भी गाँव में अब चावल नहीं मिलता था, मैं उस दिन बहेरागोड़ा अंचल में यह देख आया था।

एम्बुलेस आ गयी। लोगों ने मिलकर खुपी के बाप को उठाकर गाड़ी में लिटा दिया। उसने सिर्फ एक बार बड़ी तकलीफ़ से 'आह' कहने के अलावा कुछ नहीं कहा। अपनी दुलारी बेटी खुपी, जिस पर उसे गर्व था, उसका नाम तक नहीं ले सका। उसकी तरफ़ देखा भी नहीं।

डाक्टर ने कहा, "टाटानगर यहाँ से सत्ताइस मील दूर है। रास्ते के धचकों से ही शायद यह मर जायेगा, खासकर जब कि अभी तक खून का बहना बन्द नहीं हुआ है।"

दोनों तरफ़ साल के जंगलों के बीच की लाल मोरम मिट्टी की सीधी सड़क से होकर एम्बुलेंस, खुपी के बाप को लेकर फिर से अनिश्चित भविष्य की ओर, एक बार फिर पश्चिम के आसमान की तरफ़ यानी जन्म से मृत्यु की ओर, रवाना हो गयी। वह अपनी दुलारी अनाथ खुपी को किसके सहारे छोड़कर जा रहा है, यह सोचने का वक़्त भी उसके पास नहीं था।

---

1. वश।

शिक्षा

गरीबी अभिशाप है। न जीते बनता है, न मरते बनता है।

सन्देश

➤ किसी मुसीबत के मारे से केवल सहानुभूति दिखलाना ही दया नहीं है, उसकी यथाशक्ति मदद भी जरूरी है।

➤ दिखावे की दया कसाई की क्रूरता से भी बढ़कर है।

➤ किसी मजबूर की हरसम्भव मदद करना ईश्वर की इबादत है।

पं. चन्द्रधर शर्मा गुलेरी

जन्म: 7 जुलाई 1883
मृत्यु: 12 सितम्बर 1922

पं. चन्द्रधर शर्मा गुलेरी का जन्म 7 जुलाई 1883 ई. को पुरानी बस्ती (मोती सिंह भोमिया के मार्ग में लाल हवेली) जयपुर में महाराजा रामसिंह के राजपण्डित महामहोपाध्याय पं. शिवराम शर्मा के घर में हुआ था। इनकी माता लक्ष्मी देवी धार्मिक प्रवृत्ति की महिला थीं। पं. शिवराम शर्मा हिमाचल प्रदेश के काँगड़ा जिले के 'गुलेर' नामक गाँव के मूल निवासी थे। सन् 1867 ई. में उन्होंने हिमालय से लौटे धर्माचार्यों को शास्त्रार्थ में पराजित किया और अपने गुरु जो कि 'भाष्य ब्रह्मचारी' उपाधि से विभूषित थे, जिनका नाम पं. विभवरामजी था, के आशीर्वाद से जयपुर-दरबार का राज-सम्मान प्राप्त किया और वहीं बस गये।

पिता पं. शिवराम ने अपने इस पुत्र का नाम जन्म कर्क लग्न में चन्द्रमा होने के कारण नाम रखा 'चन्द्रधर', जो 'गुलेर' ग्राम में उत्पन्न होने के कारण 'चन्द्रधर शर्मा गुलेरी' के नाम से कालान्तर में प्रसिद्ध हुआ। आठ-नौ वर्ष की अवस्था में ही

गुलेरीजी ने वैय्याकरण पाणिनी के 'अष्टाध्यायी' के प्रारम्भिक अध्याय और संस्कृत के दो-तीन सौ श्लोक कण्ठस्थ करके अपनी प्रखरबुद्धि का परिचय दिया। साथ ही 'अमरकोश' का सस्वर पाठ करने में पारंगत हो गये। नौ-दस वर्ष की अवस्था में 'भारत धर्म मण्डल' के सदस्यों को अपने धारा-प्रवाह संस्कृत भाषण से आश्चर्यचकित कर दिया।

अँग्रेजी भाषा की शिक्षा के लिए महाराजा कॉलेज जयपुर में प्रवेश लिया। सन् 1897 ई. में द्वितीय श्रेणी में मिडिल, 1899 ई. में इलाहाबाद से प्रथम श्रेणी में इण्ट्रेंस और कलकत्ता विश्वविद्यालय से मैट्रिक प्रथम श्रेणी में उत्तीर्ण किया। इसके लिए उन्हें जयपुर राज्य की ओर स्वर्णपदक मिला। सन् 1901 में कलकत्ता विश्वविद्यालस से एम.ए. (अँग्रेजी, ग्रीक, संस्कृत, विज्ञान, गणित, इतिहास तथा तर्कशास्त्र विषयों में) किया।

गुलेरीजी ने अपने जीवनकाल में अनेक संस्थाओं में अनके पदों को सुशोभित किया। मंगलवार 12 सितम्बर, 1922 ई. के ब्राह्ममुहूर्त में बहुमुखी प्रतिभा के धनी मनीषी साहित्यकार गुलेरीजी सन्निपात के शिकार होकर पुण्यतीर्थ काशी में ब्रह्मलीन हो गये।

साहित्य रचना- गुलेरीजी ने अपने जीवनकाल में 20-25 वर्ष के अन्तराल में मँजे हुए निबन्धकार, व्यंग्यकार, भेंटवार्ताकार, अनुसन्धाता, आलोचक, भाषाविद्, कला समीक्षक के रूप में अपना स्थान बनाया। उनकी कलम निबन्ध-साहित्य, वैदिक तथा पौराणिक-साहित्य, पुरातत्त्व और शोध-आलोचना के क्षेत्र में खूब चली।

कहानी रचना- गुलेरीजी की अब तक 'सुखमय-जीवन', 'बुद्धू का काँटा' और 'उसने कहा था'- कहानियाँ ही उपलब्ध थीं, किन्तु नवीनतम खोजों के आधार पर 'घण्टाघर' और 'धर्मपरायण रीछ' शीर्षक कहानियाँ भी प्राप्त हुई हैं। इस प्रकार उन्होंने कुल पाँच कहानियाँ लिखी, जिसमें 'उसने कहा था' कहानी ने विशेष प्रसिद्धि प्राप्त की।

7

सुखमय जीवन

'सुखमय जीवन' एक ऐसे नवयुवक लेखक की रचना है, जो कथा का स्वयं ही एक पात्र है। उसका दाम्पत्य-जीवन का अनुभव मात्र पुस्तकीय ज्ञान है, जीवन का यथार्थ अनुभव नहीं। गुलेरीजी के छात्र-जीवन का यह एक प्रमुख घटना-चक्र है। यह गुलेरीजी की कहानियों का मूलस्रोत और उनका व्यक्तिगत जीवन है, जिसका उपयोग गुलेरीजी ने अपने कहानी लेखन में किया।

(1)

परीक्षा देने के पीछे और उसके फल निकलने के पहले दिन किस बुरी तरह बीतते हैं, यह उन्हीं को मालूम है, जिन्हें उन्हें गिनने का अनुभव हुआ है। सुबह उठते ही परीक्षा से आज तक कितने दिन गये, यह गिनते हैं और फिर 'कहावती आठ हफ्ते' में कितने दिन घटते हैं, यह गिनते हैं। कभी-कभी उन आठ हफ्तों पर कितने दिन चढ़ गये, यह भी गिनना पड़ता है। खाने बैठे हैं और डाकिये के पैर की आहट आयी तथा कलेजा मुँह को आया। मुहल्ले में तार का चपरासी आया कि हाथ-पाँव काँपने लगे। न जागते चैन, न सोते। सपने में भी यह दिखता है कि परीक्षक साहब एक आठ हाथ की लम्बी छुरी लेकर छाती पर बैठे हुए हैं।

मेरा भी बुरा हाल था। एल-एल.बी. का परीक्षाफल अबकी और भी देर से निकलने को था। न मालूम क्या हो गया था? या तो कोई परीक्षक मर गया था या उसको *प्लेग*[1] हो गया था। उसक पर्चे किसी दूसरे के पास भेजे जाने को थे। बार-बार यही सोचता था कि प्रश्नपत्रों की जाँच करने के पीछे सारे परीक्षकों और रजिस्ट्रारों को भले ही प्लेग हो जाये, अभी तो दो हफ्ते माफ करें। नहीं तो परीक्षा के पहले ही उन सबको प्लेग क्यों न हो गया? रात-भर नींद नहीं आयी थी, सिर घूम रहा था, अखबार पढ़ने बैठा कि देखता हूँ *लिनोटाइप*[2] की मशीन ने चार-पाँच पंक्तियाँ उलटी छाप दी हैं। बस, अब नहीं सहा गया। सोचा कि घर से निकल चलें, बाहर ही कुछ जी बहलेगा। लोहे का *घोड़ा*[3] उठाया और चल दिये।

तीन-चार मील जाने पर शान्ति मिली। हरे-हरे खेतों की हवा, कहीं पर चिड़ियों की चहचह और कहीं कुओं पर खेतों को सींचते हुए किसानों का सुरीला गाना,

1. चूहों से होने वाली एक घातक रोग। 2. टाइपराइटर। 3. साइकिल।

कहीं देवदार के पत्तों की सोंधी बास और कहीं उनमें हवा का सीं-सीं करके बजना, सबने मेरे चित्त की परीक्षा के भूत की सवारी से हटा लिया। बाइसिकिल भी गजब की चीज है। न दाना माँगे, न पानी, चलाये जाइए जहाँ तक पैरों में दम हो। सड़क पर कोई था ही नहीं, कहीं-कहीं किसानों के लड़के और गाँव के कुत्ते पीछे लग जाते थे। मैंने बाइसिकिल को और भी हवा कर दिया। सोचा कि मेरे घर सितारपुर से पन्द्रह मील पर कालानगर है, वहाँ की मलाई की बरफ अच्छी होती है और वहीं मेरे एक मित्र रहते हैं, वे कुछ सनकी हैं। कहते हैं कि जिसे पहले देख लेंगे, उससे विवाह करेंगे। उनसे जब कोई विवाह की चर्चा करता है, तो अपने सिद्धान्त के मण्डल का व्याख्यान देने लग जाते हैं। चलो, उन्हीं से सिर खाली करें।

खयाल-पर-खयाल बँधने लगा। उनके विवाह का इतिहास याद आया। उनके पिता कहते थे कि सेठ गनेशलाल की एकलौती बेटी से अबकी छुट्टियों में तुम्हारा ब्याह कर देंगे। पड़ोसी कहते थे कि सेठजी की लड़की कानी और मोटी है और आठ वर्ष की ही है। पिता कहते थे कि लोग जलकर ऐसी बातें उड़ाते हैं, और लड़की वैसी हो भी तो क्या, सेठजी के कोई लड़का है ही नहीं। बीस-तीस हजार का गहना देंगे। मित्र महाशय मेरे साथ-साथ *डिबेटिंग*[1] क्लबों में बाल-विवाह और माता-पिता की जबरदस्ती पर इतने व्याख्यान झाड़ चुके थे कि अब मारे लज्जा के साथियों में मुँह नहीं दिखाते थे। क्योंकि पिताजी के सामने चीं करने की हिम्मत नहीं थी। व्यक्तिगत विचार से साधारण विचार उठने लगे। हिन्दू-समाज ही इतना सड़ा हुआ है कि हमारे उच्च विचार कुछ चल ही नहीं सकते। अकेला चना भाड़ नहीं फोड़ सकता। हमारे सद्विचार एक तरह के पशु हैं, जिनकी बलि माता-पिता की जिद और हठ की वेदी पर चढ़ायी जाती है।...

भारत का उद्धार तब-तक नहीं हो सकता–

फिस्स्! एकदम *अर्श*[2] से *फर्श*[3] पर गिर पड़े। बाइसिकिल की *फूँक*[4] निकल गयी। कभी गाड़ी नाव पर, कभी नाव गाड़ी पर। पम्प साथ नहीं था और नीचे देखा तो जान पड़ा कि गाँव के लड़कों ने सड़क पर ही काँटों की बाड़ लगायी है। उन्हें भी दो गालियाँ दीं पर उससे तो पंक्चर सुधरा नहीं। कहाँ तो भारत का उद्धार हो रहा था और कहाँ अब कालानगर तक इस चरखे को खींच ले जाने की आपत्ति से कोई *निस्तार*[5] नहीं दिखता। पास के मील के पत्थर पर देखा कि कालानगर यहाँ से सात मील है। दूसरे पत्थर के आते-आते मैं बेदम हो लिया था। धूप जेठ की, और कंकरीली सड़क, जिसमें लदी हुई बैलगाड़ियों की मार से छः-छः इंच शक्कर की-सी बारीक पिसी हुई सफेद मिट्टी बिछी हुई ! काले पेटेण्ट लेदर के जूतों पर एक-एक इंच सफेद पालिश चढ़ गयी। लाल मुँह को

1. विचारों के आदान का स्थान। 2. आसमान। 3. जमीन। 4. हवा। 5. छूट।

पोंछते-पोंछते रुमाल भीग गया और मेरा सारा आकार सभ्य विद्वान् का-सा नहीं, वरन् सड़क कूटने वाले मजदूर का-सा हो गया। सवारियों के हम लोग इतने गुलाम हो गये हैं कि दो-तीन मील चलते ही छठी का दूध याद आने लगता है।

(2)

"बाबूजी, क्या बाइसिकिल में पंक्चर हो गया है?"

एक तो चश्मा, उस पर रेत की तह जमीं हुई, उस पर ललाट से टपकते हुए पसीने की बूँदें, गरमी की चिढ़ और काली रात की-सी लम्बी सड़क, मैंने देखा ही नहीं था कि दोनों ओर क्या है। यह शब्द सुनते ही सिर उठाया, तो देखा कि एक सोलह-सत्रह वर्ष की कन्या सड़क के किनारे खड़ी है।

"हाँ, हवा निकल गयी है और पंक्चर भी हो गया है। पम्प मेरे पास है नहीं। कालानगर बहुत दूर तो है ही नहीं, अभी जा पहुँचता हूँ।"

अन्त का वाक्य मैंने सिर्फ ऐंठ दिखाने के लिए कहा था। मेरा जी जानता था कि पाँच मील पाँच सौ मील के-से दिख रहे थे।

"इस सूरत से तो आप कालानगर क्या कलकत्ते पहुँच जायेंगे। जरा भीतर चलिए, कुछ जल पीजिये। आपकी जीभ सूखकर तालू से चिपट गयी होगी। चाचाजी की बाइसिकिल में पम्प है और हमारा नौकर गोविन्द पंक्चर सुधारना भी जानता है।"

"नहीं, नहीं–"

"नहीं, नहीं, क्या? हाँ, हाँ!"

यों कहकर बालिका ने मेरे हाथ से बाइसिकिल छीन ली और सड़क के एक तरफ हो ली। मैं भी उसके पीछे चला। देखा कि एक कँटीली बाड़ से घिरा बगीचा है, जिसमें एक बँगला है। यहीं पर कोई 'चाचाजी' रहते होंगे, परन्तु यह बालिका कैसी–

मैंने चश्मा रुमाल से पोंछा और उसका मुँह देखा। पारसी *चाल*[1] की एक गुलाबी साड़ी के नीचे चिकने काले बालों से घिरा हुआ उसका मुखमण्डल दमकता था और उसकी आँखें मेरी ओर कुछ दया, कुछ हँसी और कुछ विस्मय से देख रही थीं। बस, पाठकों! ऐसी आँखें मैंने कभी नहीं देखी थीं। मानों वे मेरे कलेजे को घोलकर पी गयीं। एक अद्‌भुत कोमल, शान्त ज्योति उनमें से निकल रही थी। कभी एक तीर में मारा जाना सुना है? कभी एक निगाह में हृदय बेचना पड़ा है? कभी तारामैत्रक और चक्षुमैत्री नाम आये हैं? मैंने एक सेकेण्ड में सोचा

---

1. छाप, ढंग।

और निश्चय कर लिया कि ऐसी सुन्दर आँखें त्रिलोकी में न होंगी और यदि किसी स्त्री की आँखों को प्रेम-बुद्धि से कभी देखूँगा तो इन्हीं को।

"आप सितारपुर से आये हैं। आपका नाम क्या है?"

"मैं जयदेवशरण वर्मा हूँ। आपके चाचाजी..."

"ओ-हो, बाबू जयदेवशरण वर्मा, बी.ए., जिन्होंने 'सुखमय जीवन' लिखा है! मेरा बड़ा सौभाग्य है कि आपके दर्शन हुए। मैंने आपकी पुस्तक पढ़ी है और चाचाजी तो उसकी प्रशंशा बिना किये एक दिन भी नहीं जाने देते। वे आपसे मिलकर बहुत प्रसन्न होंगे, बिना भोजन किये आपको न जाने देंगे और आपके ग्रन्थ के पढ़ने से हमारा परिवार-सुख कितना बढ़ा है, इस पर कम-से-कम दो घण्टे तक व्याख्यान देंगे।"

स्त्री के सामने उसके नैहर की बड़ाई कर दे और लेखक के सामने उसके ग्रन्थ की, यह प्रिय बनने का अमोघ मन्त्र है। जिस साल मैंने बी.ए. पास किया था, उस साल कुछ दिन लिखने की धुन उठी थी। लॉ कॉलेज के फर्स्ट इयर में सेक्शन और कोड की परवाह न करके एक 'सुखमय जीवन' नामक पोथी लिख चुका था। समालोचकों ने आड़े हाथों लिया था और वर्ष-भर में सत्रह प्रतियाँ बिकी थीं। आज मेरी कदर हुई कि कोई उसका सराहनेवाला तो मिला।

इतने में हम लोग बरामदे में पहुँचे, जहाँ पर कनटोप पहने, पंजाबी ढंग की दाढ़ी रखे एक अधेड़ महाशय कुर्सी पर बैठे पुस्तक पढ़ रहे थे। बालिका बोली-

"चाचाजी! आज आपके बाबू जयदेवशरण वर्मा बी.ए. को साथ लायी हूँ। इनकी बाइसिकिल बेकाम हो गयी है। अपने प्रिय ग्रन्थकार से मिलाने के लिए कमला को धन्यवाद मत दीजिए, दीजिए उनके पम्प भूल आने को!"

वृद्ध ने जल्दी ही चश्मा उतारा और दोनों हाथ बढ़ाकर मुझसे मिलने के लिए पैर बढ़ाये।

"कमला! जरा अपनी माता को तो बुला ला। आइए बाबू साहब, आइए। मुझे आपसे मिलने की बड़ी *उत्कण्ठा*[1] थी। मैं गुलाबराय वर्मा हूँ। पहले *कमसेरियट*[2] में हेड क्लर्क था। अब पेंशन लेकर इस एकान्त स्थान में रहता हूँ। दो गौ रखता हूँ और कमला तथा उसके भाई प्रबोध को पढ़ाता हूँ। मैं ब्रह्मसमाजी हूँ। मेरे यहाँ परदा नहीं है। कमला ने हिन्दी मिडिल पास कर लिया है। हमारा समय शास्त्रों के पढ़ने में बीतता है। मेरी धर्मपत्नी भोजन बनाती और कपड़े सी लेती हैं। मैं उपनिषद् और योग-वासिष्ठ का *तर्जुमा*[3] पढ़ा करता हूँ। स्कूल में लड़के बिगड़ जाते हैं, प्रबोध को इसीलिए घर पर पढ़ाता हूँ।"

---

1. मिलने की इच्छा या बेचैनी। 2. फौज का खाद्य-सप्लाई। 3. अनुवाद।

इतना परिचय दे चुकने पर वृद्ध ने साँस लिया। मुझे इतना ज्ञान हुआ कि कमला के पिता मेरी जाति के ही हैं। जो कुछ उन्होंने कहा था, उसकी ओर मेरे कान नहीं थे। मेरे कान उधर थे, जिधर से माता को लेकर कमला आ रही थी।

"आपका ग्रन्थ बड़ा ही अपूर्व है। दाम्पत्य-सुख चाहनेवालों के लिए लाख रुपये से भी अनमोल है। धन्यवाद है आपको! स्त्री को कैसे प्रसन्न रखना, घर में कलह कैसे नहीं होने देना, बाल-बच्चों को क्योंकर सच्चरित्र बनना, इन सब बातों में आपके उपदेश पर चलने वाला पृथ्वी पर ही स्वर्ग-सुख भोग सकता है। पहले कमला की माँ और मेरी कभी-कभी खटपट हो जाया करती थी। उसके ख्याल अभी पुराने ढंग के हैं। पर जब से मैं रोज भोजन के पीछे उसे आध घण्टे तक आपकी पुस्तक का पाठ सुनाने लगा हूँ, तब से हमारा जीवन हिण्डोले की तरह झूलते बीतता है।"

मुझे कमला की माँ पर दया आयी, जिसको वह कूड़ा-करकट रोज सुनना पड़ता होगा। मैंने सोचा कि हिन्दी के पत्र-सम्पादकों में यह बूढ़ा क्यों न हुआ? यदि होता तो आज मेरी तूती बोलने लगती।

"आपको गृहस्थ-जीवन का कितना अनुभव है? आप सबकुछ जानते हैं! भला, इतना ज्ञान कभी पुस्तकों में मिलता है? कमला की माँ कहा करती थी कि आप केवल किताबों के कीड़े हैं, सुनी-सुनायी बातें लिख रहे हैं। मैं बार-बार यह कहता था कि इस पुस्तक के लिखने वाले को परिवार का खूब अनुभव है। धन्य हैं, आपकी सहधर्मिणी! आपका और उसका जीवन कितने सुख से बीतता होगा! और जिन बालकों के आप पिता हैं, वे कैसे बड़भागी हैं कि सदा आपकी शिक्षा में रहते हैं, आप जैसे पिता का उदाहरण देखते हैं।"

कहावत है कि वेश्या अपनी अवस्था कम दिखाना चाहती है और साधु अपनी अवस्था अधिक दिखाना चाहता है। भला, *ग्रन्थकार*[1] का पद इन दोनों में किसके समान है? मेरे मन में आया कि कह दूँ कि अभी मेरा पचीसवाँ वर्ष चल रहा है, कहाँ का अनुभव और कहाँ का परिवार? फिर सोचा कि ऐसा कहने से ही मैं वृद्ध महाशय की निगाहों से उतर जाऊँगा और कमला की माँ सच्ची हो जायेगी कि बिना अनुभव के छोकरे ने गृहस्थ के कर्त्तव्य-धर्मों पर पुस्तक लिख मारी है। यह सोचकर मैं मुसकरा दिया और इस तरह मुँह बनाने लगा कि वृद्ध ने समझा कि अवश्य मैं *संसार-समुद्र*[2] में *गोते*[3] मारकर नहाया हुआ हूँ।

(3)

वृद्ध ने उस दिन मुझे जाने नहीं दिया। कमला की माता ने *प्रीति*[4] के साथ भोजन कराया और कमला ने पान लाकर दिया। न मुझे अब कालानगर

---

1. पुस्तक लेखक। 2. गृहस्थी-संसार। 3. डुबकी। 4. प्रेम के साथ।

की मलाई की बरफ याद रही और न सनकी मित्र की। चाचाजी की बातों में *फी*[1]-सैकड़े सत्तर तो मेरी पुस्तक और उसके रामबाण लाभों की प्रशंसा थी, जिसको सुनते-सुनते मेरे कान दुख गये। फी-सैकड़ा पच्चीस वह मेरी प्रशंसा और मेरे पति-जीवन और पितृ-जीवन की महिमा गा रहे थे। काम की बात बीसवाँ हिस्सा थी, जिससे मालूम पड़ा कि अभी कमला का विवाह नहीं हुआ है। उसे अपनी फूलों की क्यारी को सम्हालने का बड़ा प्रेम है, वह 'सखी' के नाम से 'महिला-मनोहर' मासिक पत्र में लेख भी दिया करती है।

सायंकाल को मैं बगीचे में टहलने निकला। देखता हूँ कि एक कोने में केले के झाड़ों के नीचे मोतिये और रजनीगन्धा की क्यारियाँ हैं और कमला उनमें पानी दे रही है। मैंने सोचा कि यही समय है। आज मरना है या जीना है। उसको देखते ही मेरे हृदय में प्रेम की अग्नि जल उठी थी और दिन-भर वहाँ रहने से वह धधकने लग गयी थी। दो ही पहर में मैं बालक से युवा हो गया था। अँग्रेजी महाकाव्यों में, प्रेममय उपन्यासों में और कोर्स के संस्कृत-नाटकों में जहाँ-जहाँ प्रेमी का और प्रेमिका का वार्तालाप पढ़ा था, वहाँ-वहाँ का दृश्य स्मरण करके वहाँ-वहाँ के वाक्यों को *घोख*[2] रहा था। पर यह निश्चय नहीं कर सका कि इतने थोड़े परिचय पर भी बात कैसे करनी चाहिए। अन्त को अँग्रेजी पढ़ने वाले की धृष्टता ने आर्यकुमार की शालीनता पर विजय पायी और चपलता कहिए, बेसमझी कहिए, ढीढपन कहिए, पागलपन कहिए, मैंने दौड़कर कमला का हाथ पकड़ लिया। उसके चेहरे पर सुर्खी दौड़ गयी और *डोलची*[3] उसके हाथ से गिर पड़ी। मैं उसके कान में कहने लगा।

"आपसे एक बात कहनी है।"

"क्या? यहाँ कहने की कौन-सी बात है?"

"जब से आपको देखा है, तब से-"

"बस चुप करो। ऐसी धृष्टता!"

अब मेरा वचन-प्रवाह उमड़ चुका था। मैं स्वयं नहीं जानता था कि मैं क्या कर रहा हूँ, पर लगा बकते-"प्यारी कमला! तुम मुझे प्राणों से बढ़कर हो, प्यारी कमला! मुझे अपना भ्रमर बनने दो। मेरा जीवन तुम्हारे बिना मरुस्थल है, उसमें मन्दाकिनी बनकर बहो। मेरे जलते हुए हृदय में अमृत की पट्टी बन जाओ। जब से तुम्हें देखा है, मेरा मन मेरे अधीन नहीं है। मैं तब तक शान्ति न पाऊँगा, जब तक तुम-"

---

1. प्रति। 2. याद करना। 3. फूलों की डलिया।

कमला जोर से चीख उठी और बोली–"आपको ऐसी बातें कहते लज्जा नहीं आती? धिक्कार है आपकी शिक्षा को और धिक्कार है आपकी विद्या को! इसी को आपने सभ्यता मान रखा है कि अपरिचित कुमारी से एकान्त ढूँढ़कर ऐसा घृणित प्रस्ताव करें। तुम्हारा यह साहस कैसे हो गया? तुमने मुझे क्या समझ रखा है? 'सुखमय जीवन' का लेखक और ऐसा घृणित चरित्र! चिल्लू-भर पानी में डूब मरो। अपना काला मुँह मत दिखाओ। अभी चाचाजी को बुलाती हूँ।"

मैं सुनता जा रहा था। क्या मैं स्वप्न देख रहा हूँ? यह अग्नि-वर्षा मेरे किस अपराध पर? तो भी मैंने हाथ नहीं छोड़ा। कहने लगा, "सुनो कमला! यदि तुम्हारी कृपा हो जाये, तो सुखमय जीवन–"

"देखा तेरा सुखमय जीवन! आस्तीन के साँप! पापात्मा!! मैंने साहित्य-सेवी जानकर और ऐसे उच्च विचारों का लेखक समझकर तुझे अपने घर में घुसने दिया और तेरा विश्वास और सत्कार किया था। *प्रच्छन्नपापिन्*[1]! *वकदाम्भिक*[2]! *बिड़ालव्रतिक*[3]! मैंने तेरी सारी बातें सुन ली हैं।" चाचाजी आकर लाल-लाल आँखें दिखाते हुए, क्रोध से काँपते हुए कहने लगे–"शैतान! तुझे यहाँ आकर मायाजाल फैलाने का स्थान मिला। ओफ! मैं तेरी पुस्तक से छला गया। पवित्र जीवन की प्रशंसा में फार्मो-के-फार्म काले करनेवाले, तेरा ऐसा हृदय! कपटी! विष के घड़े–"

उनका धाराप्रवाह बन्द ही नहीं होता था, पर कमला की गालियाँ और थीं और चाचाजी की और। मैंने भी गुस्से में आकर कहा, "बाबू साहब! जबान सम्भालकर बोलिए। आपने अपनी कन्या को शिक्षा दी है और सभ्यता सिखायी है, मैंने भी शिक्षा पायी है और सभ्यता सीखी है। आप धर्म-सुधारक हैं। यदि मैं उसके गुण और रूपों पर आसक्त हो गया, तो अपना पवित्र प्रणय उसे क्यों न बताऊँ? पुराने ढर्रे के पिता दुराग्रही होते सुने गये हैं। आपने क्यों सुधार का नाम लजाया है?"

"तुम सुधार का नाम मत लो। तुम तो पापी है। 'सुखमय जीवन' के कर्ता होकर–"

"भाड़ में जाये 'सुखमय जीवन'! उसी के मारे नाकों दम है!! 'सुखमय जीवन' के कर्ता ने क्या यह शपथ खा ली है कि जनम-भर कुँवारा ही रहे? क्या उसके प्रेमभाव नहीं हो सकता? क्या उसमें हृदय नहीं होता?"

"हैं, जनम-भर कुँवारा?"

---

1. जिसक पाप ढके हुए हों। 2. बगुले की तरह छल करने वाला। 3. बिल्ली की तरह व्रत रखनेवाला।

"हैं काहे की? मैं तो आपकी पुत्री से निवेदन कर रहा था कि जैसे उसने मेरा हृदय हर लिया है, वैसे यदि अपना हाथ मुझे दे, तो उसके साथ 'सुखमय जीवन' के उन आदर्शों को प्रत्यक्ष अनुभव करूँ, जो अभी तक मेरी कल्पना में हैं। पीछे हम दोनों आपकी आज्ञा माँगने आते। आप तो पहले ही दुर्वासा बन गये।"

"तो आपका विवाह नहीं हुआ? आपकी पुस्तक से तो जान पड़ता है कि आप कई वर्षों के गृहस्थ-जीवन का अनुभव रखते हैं। तो कमला की माता ही बच्ची थीं।"

इतनी बातें हुई थीं, पर न मालूम क्यों मैंने कमला का हाथ नहीं छोड़ा था। इतनी गरमी के साथ शास्त्रार्थ हो चुका था, परन्तु वह हाथ जो क्रोध के कारण लाल हो गया था, मेरे हाथ में ही पकड़ा हुआ था। अब उसमें सात्विक भाव का पसीना आ गया था और कमला ने लज्जा से आँखें नीची कर ली थीं। विवाह के पीछे कमला कहा करती है कि न मालूम विधाता की किस कला से उस समय मैंने तुम्हें झटककर अपना हाथ नहीं खींच लिया। मैंने कमला के दोनों हाथ खींचकर अपने हाथों के *सम्पुट*[1] में ले लिये (और उसने उन्हें हटाया नहीं!) और इस तरह चारों हाथ जोड़कर वृद्ध से कहा—

"चाचाजी, उस निकम्मी पोथी का नाम मत लीजिए। बेशक, कमला की माँ सच्ची हैं। पुरुषों की अपेक्षा स्त्रियाँ अधिक पहचान सकती हैं कि कौन अनुभव की बातें कह रहा है और कौन गप्पें हाँक रहा है। आपकी आज्ञा हो, तो कमला और मैं दोनों सच्चे सुखमय जीवन का आरम्भ करें। दस वर्ष पीछे मैं जो पोथी लिखूँगा, उसमें किताबी बातें न होंगी, केवल अनुभव की बातें होंगी।"

वृद्ध ने जेब से रुमाल निकालकर चश्मा पोंछा और अपनी आँखें पोंछीं। आँखों पर कमला की माता की विजय होने के क्षोभ के आँसू थे, या घर बैठे पुत्री को योग्य पात्र मिलने के हर्ष के आँसू, राम जाने।

उन्होंने मुस्कराकर कमला से कहा, "दोनों मेरे पीछे-पीछे चले आओ। कमला! तेरी माँ ही सच कहती थी।" वृद्ध बँगले की ओर चलने लगे। उनकी पीठ फिरते ही कमला ने आँखें मूँदकर मेरे कन्धे पर सिर रख दिया।

---

1.   अंजलि।

शिक्षा

अधकचरा और बिना अनुभव का ज्ञान मत बाँटो।

सन्देश

➤ झूठ बोलना सिर पर चढ़ जाता है।

➤ उपदेश और कर्म में समन्वय होना चाहिए।

➤ प्रेम में निश्छलता और दृढ़ता का भाव होना चाहिए।

8

उसने कहा था

गुलेरीजी ने अपनी कहानियों में जीवन की वास्तविकता को प्राणवान बनाने का प्रयास किया। उन्होंने बहुत कम कहानियाँ लिखकर हिन्दी साहित्य के इतिहास में अपना अमर व वरिष्ठ स्थान बना लिया। 'उसने कहा था' कहानी हिन्दी की प्रथम मौलिक कहानी मानी जाती है। इसमें यथार्थ प्रेम और कल्पना तथा त्याग सम्बन्धी घटनाओं का जो ताना-बाना और वातावरण है वह बेजोड़ है।

(1)

बड़े शहरों के इक्के-गाड़ी वालों की ज़बान के कोड़ों से जिनकी पीठ छिल गयी है और कान पक गये हैं, उनसे हमारी प्रार्थना है कि अमृतसर के बम्बूकार्ट वालों की बोली का मरहम लगावें। जबकि बड़े शहरों की चौड़ी सड़कों पर घोड़े की पीठ को चाबुक से *धुनते*[1] हुए इक्के वाले कभी घोड़े की नानी से अपना निकट का यौन-सम्बन्ध स्थिर करते हैं, कभी राह चलते पैदलों की आँखों के न होने पर तरस खाते हैं, कभी उनके पैरों की अँगुलियों के पैरों की *चींथकर*[2] अपने ही को सताया हुआ बताते हैं और संसार भर की ग्लानि, निराशा और क्षोभ के अवतार बने नाक की सीध चले जाते हैं, तब अमृतसर में उनकी *बिरादरी*[3] वाले तंग, चक्करदार गलियों में, हर एक लड्ढी लाले के लिए ठहरकर, सब्र का समुद्र उमड़ा कर, 'बचो, खालसा जी!', 'हटो भाई जी!', 'ठहरना भाई!', 'आने दो लाला जी!', 'हटो *बा' छा*[4]!', कहते हुए सफेद फेंटों, खच्चरों और बत्तकों, गन्ने व खोमचे और भारे वालों के जंगल में से राह खेते हैं। क्या मजाल है कि जी और साहब बिना सुने किसी को हटना पड़े। यह बात नहीं कि उनकी जीभ चलती ही नहीं। चलती है, पर मीठी छुरी की तरह महीन मार करती हुई। यदि कोई बुढ़िया बार-बार *चितौनी*[5] देने पर भी लीक से नहीं हटती, तो उनकी बचनावली के ये नमूने हैं–

हट जा, जीणे *जोगिये*[6], हट जा, करमाँ *वालिएँ*[7], हट जा, पुत्ताँ *प्यारिए*[8], बच जा, लम्बी *वालिए*[9]। समष्टि में इसका अर्थ है कि तू जीने योग्य है, तू भाग्यों वाली है, पुत्रों को प्यारी है, लम्बी उमर तेरे सामने है, तू क्यों मेरे पहियों के नीचे आना चाहती है? बच जा।

---

1. पीटते। 2. कुचलकर। 3. हम पेशा वाले। 4. बादशाह। 5. चेतावनी। 6. जीने योग्य।
7. भाग्यवती। 8. पुत्रों की प्रिय। 9. लम्बी उमर वाली।

ऐसे बम्बूकार्ट वालों के बीच में होकर एक लड़का और एक लड़की चौक की एक दुकान पर आ मिले। उसके बालों और इसके ढीले *सुथने*[1] से जान पड़ता था कि दोनों सिख हैं। वह अपने मामा के केश धोने के लिए दही लेने आया था और यह रसोई के लिए बड़ियाँ। दुकानदार एक परदेसी से *गुथ*[2] रहा था, जो सेर भर गीले पापड़ों की गड्डी को गिने बिना हटता न था।

'तेरा घर कहाँ हैं?'

'मगरे में,–और तेरा?'

'माँझे में,–यहाँ कहाँ रहती है?'

'अतरसिंह की बैठक में, वह मेरे मामा होते हैं।'

'मैं भी मामा के आया हूँ, उनका घर गुरुबाजार में है।'

इतने में दुकानदार निबटा और इनको सौदा देने लगा। सौदा लेकर दोनों साथ-साथ चले। कुछ दूर जाकर लड़के ने मुसकरा कर पूछा-'तेरी *कुड़माई*[3] हो गयी?' इस पर लड़की कुछ आँखें चढ़ाकर 'धत्' कहकर दौड़ गयी और लड़का मुँह देखता रह गया।

दूसरे-तीसरे दिन सब्जी वाले के यहाँ या दूध वाले के यहाँ अकस्मात् दोनों मिल जाते। महीना भर यही हाल रहा। दो-तीन बार लड़के ने फिर पूछा, "तेरी कुड़माई हो गयी?" और उत्तर में वही 'धत्' मिला। एक दिन जब फिर लड़के ने वैसी ही हँसी में चिढ़ाने के लिए पूछा, तो लड़की, लड़के की सम्भावना के विरुद्ध, बोली 'हाँ, हो गयी।'

'कब?'

'कल, देखते नहीं यह रेशम से कढ़ा हुआ *सालू*[4]।' लड़की भाग गयी। लड़के ने घर की राह ली। रास्ते में एक लड़के को मोरी में ढकेल दिया, एक छावड़ीवाले की दिन भर की कमायी खोई, एक कुत्ते को पत्थर मारा और एक गोभी वाले के ठेले में दूध उड़ेल दिया। सामने नहाकर आती हुई किसी वैष्णवी से टकरा कर अन्धे की उपाधि पायी, तब कहीं घर पहुँचा।

(2)

'राम! राम! यह भी कोई लड़ाई है? दिन-रात खन्दकों में बैठे हड्डियाँ अकड़ गयीं। लुधियाने से दस गुना जाड़ा और मेंह तथा बरफ ऊपर से। पिण्डलियों तक कीचड़ में धँसे हुए हैं। *गुनीम*[5] कहीं दिखता नहीं। घण्टे दो घण्टे में कान के परदे फाड़ने वाले धमाके के साथ सारी ख़न्दक हिल जाती है और सौ-सौ गज़ धरती उछल पडती है। इस *ग़ैबी*[6] गोले से बचे तो कोई लड़े। नगरकोट का *ज़लज़ला*[7] सुना था, यहाँ दिन में पचीस ज़लज़ले होते हैं। जो कहीं ख़न्दक से बाहर साफ़ा या कुहनी निकल गयी, तो चटाक् से गोली लगती है। न मालूम बेईमान। मट्टी में लेटे हुए

1. वेशभूषा। 2. झगड़। 3. मँगनी। 4. ओढ़नी। 5. खैरियत, कुशल। 6. आसमानी। 7. भूकम्प।

हैं या घास की पत्तियों में छिपे रहते हैं।'

'लहनासिंह! तीन दिन और हैं। चार दिन तो खन्दक में बिता ही दिये। परसों *रिलीफ*[1] आ जायेगी और फिर सात दिन की छुट्टी। अपने हाथों *झटका*[2] करेंगे और पेट भर खाकर सो रहेंगे। उसी *फ़िरंगी*[3] मेम के बाग में–मखमल की-सी हरी घास है। फल और दूध की वर्षा कर देती है। लाख कहते हैं, दाम नहीं लेती। कहती है- तुम राजा हो, मेरे मुल्क को बचाने आये हो।'

चार दिन तक एक पलक नींद नहीं मिली। बिना *फेरे*[4] घोड़ा बिगड़ता है और बिना लड़े सिपाही। मुझे तो संगीन चढ़ाकर मार्च का हुकुम मिल जाये। फिर सात जरमनों को अकेला मारकर न लौटूँ, तो मुझे दरबार साहब की देहली पर मत्था टेकना नसीब न हो। पाज़ी कहीं के! कलों के घोड़े–संगीन देखते ही मुँह फाड़ देते हैं और पैर पकड़ने लगते है। यों अन्धेरे में तीस-तीस मन का गोला फेंकते हैं। उस दिन धावा किया था–चार मील तक। एक भी जर्मन नहीं छोड़ा था। पीछे जनरल साहब ने हट आने का *कमान*[5] दिया, नहीं तो–'

'नहीं तो सीधे बर्लिन पहुँच जाते, क्यों?' सूबेदार हज़ारासिंह ने मुसकराकर कहा, 'लड़ाई के मामले जमादार या नायक के चलाये नहीं चलते। बड़े अफसर दूर की सोचते हैं। तीन सौ मील का सामना है। एक तरफ बढ़ गये, तो क्या होगा?' 'सूबेदार जी सच है', लहनासिंह बोला, -पर करें क्या? हड्डियों-हड्डियों में तो जाड़ा धँस गया है। सूर्य निकलता नहीं और खाई में दोनों तरफ से चम्बे की बावलियों के-से सोते झर रहे हैं। एक धावा हो जाये, तो गरमी आ जाये।'

'*उदमी*[6]! उठ, सिगड़ी में कोयले डाल। वजीर! तुम चार जने बाल्टियाँ लेकर खाई का पानी बाहर फेंको।

लहनासिंह! शाम हो गयी है, खाई के दरवाज़े का पहरा बदल दो कहते हुए सुबेदार ख़न्दक में चक्कर लगाने चला गया।

वज़ीरासिंह पल्टन का विदूषक था। बाल्टी का गँदला पानी खाई के बाहर फेंकता हुआ बोला–"मैं *पाधा*[7] बन गया हूँ। करो जर्मनी के बादशाह का तर्पण!" इस पर सब खिलखिला का हँस पड़े और उदासी के बादल फट गये।

लहनासिंह ने दूसरी बाल्टी उसके हाथ में भरकर देकर कहा–'अपनी बाड़ी के खरबूजों में पानी दो। ऐसा खाद का पानी पंजाब भर में नहीं मिलेगा।'

हाँ, देश क्या है, स्वर्ग है। मैं तो लड़ाई के बाद सरकार से दस *घुमा*[8] जमीन यहाँ माँग लूँगा और फलों के *बूटे*[9] लगाऊँगा।

'लाड़ी *होराँ*[10] को भी यहाँ बुला लोगे? या वहीं दूध पिलाने वाली फ़िंरगी मेम?'

---

1. मदद। 2. बकरा मारना। 3. अँग्रेज। 4. चढ़े, सवारी किये। 5. आदेश। 6. उद्यमी। 7. बलि का बकरा।
8. जमीन की नाप। 9. पेड़। 10. स्त्री, होराँ–आदरवाचक।

'चुप कर! यहाँ वालों को शरम नहीं।'

'देश-देश की चाल है। आज तक मैं उसे समझा न सका कि सिख तमाखू नहीं पीता। वह सिगरेट देने में हठ करती है, ओठों में लगाना चाहती है और मैं पीछे हटता हूँ, तो समझती है कि राजा बुरा मान गया, अब मेरे मुल्क के लिए लड़ेगा नहीं।'

'अच्छा, अब बोधासिंह कैसा है?'

'अच्छा है!'

'जैसे मैं जानता ही न होऊँ। रात भर तुम अपने दोनों कम्बल उसे उढ़ाते हो और आप *सिगड़ी*[1] के सहारे गुज़र करते हो। उसके पहरे पर आप पहरा दे आते हो। अपने सूखे लकड़ी के तख़्तों पर उसे सुलाते हो, आप कीचड़ में पड़े रहते हो। कहीं तुम न *माँदे*[2] पड़ जाना। जाड़ा क्या है मौत है और 'निमोनिया' से मरने वालों को *मुरब्बे*[3] नहीं मिला करते।'

'मेरा डर मत करो। मैं तो बुलेल की खड्ड के किनारे मरूँगा। भाई कीरतसिंह की गोदी पर मेरा सिर होगा और मेरे हाथ के लगाये हुए आँगन के आम के पेड़ की छाया होगी।'

वजीरासिंह ने त्यौरी चढ़ाकर कहा-'क्या मरने-मारने की बात लगायी है? मरें जर्मनी और तुरक! हाँ, भाइयों कैसे-

दिल्ली शहर तें पिशैर नुँ जाँदिये,
कर लेणा लौगाँ दा बपार मडिये,
कर लेणा नाड़ेदा सौदा अडिये-
(ओय्) लाणा चटाका कदुये नुँ
कद्दू बणया वे मजेदार गोरिये
हुण लाणा चटाका कदुये नुँ॥

'अरी दिल्ली शहर से पेशावर को जाने वाली, लौंगों का व्यापार कर ले और इजारबन्द का सौदा कर ले। जीभ चटाचट कर कद्दू खाना है। गोरी कद्दू मजेदार बना है। अब चटपट कर उसे खाना है।'

कौन जानता था कि दाढ़ियों वाले, घरबारी सिख ऐसा लुच्चों का गीत गायेंगे, पर सारी ख़न्दक इस गीत से गूँज उठी और सिपाही फिर ताज़ा हो गये, मानों चार दिन से सोते और मौज़ ही करते रहे हों।

(3)

दो पहर रात गयी है। अन्धेरा है। सुनसान मची हुई है। बोधासिंह तीन खाली बिसकुटों के टिनों पर अपने दोनों कम्बल बिछाकर और लहनासिंह के दो कम्बल

1. अँगीठी। 2. बीमार। 3. नयी नहरों के पास वर्ग भूमि।

और एक *बरानकोट*[1] ओढ़कर सो रहा है। लहनासिंह पहरे पर खड़ा हुआ है। एक आँख खाई के मुँह पर है और एक बोधासिंह के दुबले शरीर पर। बोधासिंह कराहा।

'क्यों बोधा भाई! क्या है?'

'पानी पिला दो।'

लहनासिंह ने कटोरा उसके मुँह से लगाकर पूछा–'कहो कैसे हो?' पानी पीकर बोधा बोला–'*कँपनी*[2] छूट रही है। रोम-रोम में तार दौड़ रहे हैं। दाँत बज रहे हैं।'

'अच्छा, मेरी *जरसी*[3] पहन लो।'

'और तुम?'

'मेरे पास सिगड़ी है और मुझे गरमी लगती है, पसीना आ रहा है।'

'ना, मैं नहीं पहनता, चार दिन से तुम मेरे लिए–'

'हाँ, याद आयी। मेरे पास दूसरी गरम जरसी है। आज सबेरे ही आयी है। विलायत से मेमें बुन-बुनकर भेज रही हैं। गुरु उनका भला करें।' यों कहकर लहना अपना कोट उतार कर जरसी उतारने लगा।

'सच कहते हो?'

'और नहीं तो क्या झूठ?' यों कहकर ना ही करते बोधा को उसने जबरदस्ती जरसी पहना दी और आप खाकी कोट और ज़ीन का कुरता भर पहन कर पहरे पर आ खड़ा हुआ। मेम की जरसी की कथा केवल कथा थी।

आधा घण्टा बीता। इतने में खाई के मुँह से आवाज आयी–'सूबेदार हजारासिंह!'

'कौन? लपटन साहब? हुकुम हुजूर! कहकर सूबेदार तनकर फौजी सलाम करके सामने हुआ।

'देखो, इसी दम धावा करना होगा। मील भर की दूरी पर पूर्व के कोने में एक जर्मन खाई है। उसमें पचास से ज्यादा जर्मन नहीं है। इन पेड़ों के नीचे-नीचे दो खेत काटकर रास्ता है। तीन-चार घुमाव है। जहाँ मोड़ है, वहाँ पन्द्रह जवान खड़े कर आया हूँ। तुम यहाँ दस आदमी छोड़कर सबको साथ लेकर उनसे मिलो। ख़न्दक छीनकर वहीं, जब तक दूसरा हुक्म न मिले, डटे रहो। हम यहाँ रहेगा।'

'जो हुक्म।'

चुपचाप सब तैयार हो गये। बोधा भी कम्बल उतारकर चलने लगा। तब

---

1. ओवरकोट। 2. कँपकँपी। 3. स्वैटर।

95

लहनासिंह ने उसे रोका। लहनासिंह आगे हुआ, तो बोधा के बाप सूबेदार ने उँगली से बोधा की ओर इशारा किया। लहनासिंह समझकर चुप हो गया। पीछे दस आदमी कौन रहें, इसपर बड़ी हुज्जत हुई। कोई रहना न चाहता था। समझा-बुझाकर सूबेदार ने मार्च किया। लपटन साहब लहना की सिगड़ी के पास मुँह फेरकर खड़े हो गये और जेब से सिगरेट निकालकर सुलगाने लगे। दस मिनट बाद उसने लहना की ओर हाथ बढ़ाकर कहा–'लो तुम भी पियो।'

आँख पलकते-पलकते लहनासिंह सब समझ गया। मुँह का भाव छिपाकर बोला–'लाओ, साहब!' साथ आगे करते उसने सिगड़ी के उजास में साहब का मुँह देखा। बाल देखे। माथा ठनका। लपटन साहब के पट्टियों वाले बाल एक दिन में कहाँ उड़ गये और उनकी जगह कैदियों के-से कटे हुए बाल कहाँ से आ गये? शायद साहब शराब पिये हुए हैं और उन्हें बाल कटवाने का मौका मिल गया है? लहनासिंह ने जाँचना चाहा। लपटन साहब पाँच वर्ष से उसकी रेजिमेण्ट में रहे थे।

'क्यों साहब! हम लोग हिन्दुस्तान कब जायेंगे?'

'लड़ाई खत्म होने पर। क्यों? यह देश पसन्द नहीं?'

'नहीं साहब! वह शिकार के मजे यहाँ कहाँ? याद है पारसाल नकली लड़ाई के पीछे हम-आप जगाधरी के जिले में शिकार करने गये थे।'

'हाँ, हाँ–'

'वही जब आप *खोते*[1] पर सवार थे और आपका *खानसामा*[2] अब्दुल्ला रास्ते के एक मन्दिर में जल चढ़ाने को रह गया था?'

'बेशक, *पाजी*[3] कहीं का–'

'सामने से वह नीलगाय निकली कि ऐसी बड़ी मैंने कभी नहीं देखी। और आपकी एक गोली उसके कन्धें में लगी और पुट्ठे में से निकली। ऐसे अफसर के साथ शिकार खेलने में मज़ा है। क्यों साहब! शिमले से तैयार होकर उस नीलगाय का सिर आ गया था न? आपने कहा था कि रेजीमेण्ट की *मैस*[4] में लगायेंगे।'

'हो, पर मैंने वह विलायत भेज दिया–'

'ऐसे बड़े-बडे सींग! दो-दो फुट के तो होंगे?'

'हाँ, लहनासिंह! दो फुट चार इंच के थे। तुमने सिगरेट नहीं पिया?'

'पीता हूँ साहब! दियासलाई ले आता हूँ', कहकर लहनासिंह खन्दक में घूमा। अब उसे सन्देह नहीं रहा था। उसने झटपट विचारकर लिया कि क्या करना चाहिए।

---

1. गधे। 2. बावर्ची, भोजन बनाने वाला। 3. बदमाश। 4. भोजनालय।

अन्धेरे में किसी सोने वाले से टकराया। 'कौन? वजीरासिंह?'

हाँ, क्यों लहना? क्या, कयामत आ गयी? जरा तो आँख लगने दी होती!'

(4)

'होश में आओ! कयामत आयी है और लपटन साहब की वरदी पहन कर आयी है।'

'क्या?'

'लपटन साहब या तो मारे गये हैं या कैद हो गये हैं। उनकी वरदी पहनकर कोई जर्मन आया है। सूबेदार ने इसका मुँह नहीं देखा। मैंने देखा है और बातें की हैं। *सौहरा*[1] साफ उर्दू बोलता है, पर किताबी उर्दू। और मुझे पीने को सिगरेट दिया है।'

'तो अब?'

'अब मारे गये। धोखा है। सूबेदार हीरा कीचड़ में चक्कर काटते फिरेंगे और यहाँ खाई पर धावा होगा। उधर उनपर खुले में धावा होगा। उठो, एक काम करो। पलटन के पैरों के *खोज*[2] देखते-देखते दौड़ जाओ। अभी बहुत दूर नहीं गये होंगे। सूबेदार से कहो कि एकदम लौट आयें। ख़न्दक की सब बात झूठ है। चले जाओ, ख़न्दक के पीछे से निकल जाओ। पत्ता तक न खड़के। देर मत करो।

'हुकुम तो यह है कि यहीं–'

'ऐसी-तैसी हुकुम की! मेरा हुकुम–जमादार लहनासिंह, जो इस बख़्त यहाँ सबसे बड़ा अफ़सर है, उसका हुकुम है। मैं लपटन साहब की खबर लेता हूँ।'

'पर यहाँ तो तुम आठ ही हो।'

'आठ नहीं, दस लाख। एक-एक अकालिया सिख सवा लाख के बराबर होता है। चले जाओ।'

लौटकर खाई के मुहाने पर लहनासिंह दिवाल से चिपक गया। उसने देखा कि लपटन साहब ने जेब से तीन बेल के बराबर गोले निकाले। तीनों को जगह-जगह ख़न्दक की दीवालों में घुसेड़ दिया और तीनों में एक तार-सा बाँध दिया। तार के आगे एक सूत की गुत्थी थी, जिसे सिगड़ी के पास रखा। और बाहर की तरफ जाकर एक दियासलाई जलाकर गुत्थी पर रखने वाला ही था कि–

इतने में बिजली की तरह दोनों हाथों से उल्टी बन्दूक को उठाकर लहनासिंह ने साहब की कुहनी पर तानकर दे मारा। धमाके के साथ साहब के हाथ से

---

1. सुसरा (गाली)। 2. निशान, चिह्न।

दियासलाई गिर पड़ी। लहनासिंह ने एक कुन्दा साहब की गर्दन पर मारा और साहब 'आँख! मीन गौट्ट' कहते हुए चित्त हो गये। लहनासिंह ने तीनों गोले बीन कर ख़न्दक के बाहर फेंके और साहब को घसीट कर सिगड़ी के पास लिटाया। जेबों की तलाशी ली। तीन-चार लिफाफे और एक डायरी निकालकर उन्हें अपनी जेब के हवाले किया।

साहब की मूर्च्छा हटी। लहनासिंह हँसकर बोला–'क्यों लपटन साहब! मिज़ाज कैसा है? आज मैंने बहुत बातें सीखीं। यह सीखा कि सिख सिगरेट पीते हैं। यह सीखा कि जगाधरी के जिले में नीलगायें होती हैं और उनके दो फुट चार इंच के सींग होते हैं। यह सीखा कि मुसलमान ख़ानसामा मन्दिरों में पानी चढ़ाते हैं और लपटन साहब खोते पर चढ़ते हैं। यह तो कहो, ऐसी साफ उर्दू कहाँ से सीख आये? हमारे लपटन साहब तो बिना 'डैम' के पाँच लफ़्ज भी नहीं बोला करते थे।'

लहना ने पतलून की जेबों की तलाशी नहीं ली थी। साहब ने, मानों जाड़े से बचने के लिए, दोनों हाथ जेबों में डाले।

लहनासिंह कहता गया–'चालाक तो बड़े हो पर माँझे का लहना इतने बरस लपटन साहब के साथ रहा है। उसे चकमा देने के लिए चार आँखें चाहिए। तीन महीने हुए, एक तुरकी मौलवी मेरे गाँव में आया था। औरतों को बच्चे होने के तावीज बाँटता था और बच्चों को दवाई देता था। चौधरी के बड़ के नीचे *मंजा*[1] बिछाकर हुक्का पीता रहता था और कहता था कि जर्मनी वाले बड़े पण्डित हैं। वेद पढ़-पढ़कर उसमें से विमान चलाने की विद्या जान गये हैं। गौ को नहीं मारते। हिन्दुस्तान में आ जायेंगे, तो गौहत्या बन्द कर देंगे। मण्डी के बनियों को बहकाता था कि डाकखाने से रुपये निकाल लो, सरकार का राज आने वाला है। डाक बाबू पोल्हूराम भी डर गया था। मैंने मुल्लाजी की दाढ़ी मूँड़ दी थी और गाँव से बाहर निकालकर कहा था कि जो मेरे गाँव में अब पैर रखा तो–'

साहब की जेब में से पिस्तौल चली और लहना की जाँघ में गोली लगी। इधर लहना की हैनरी मार्टिनी के दो फायरों ने साहब की *कपालक्रिया*[2] कर दी। धड़ाका सुनकर सब दौड़ आये।

बोधा चिल्लाया–'क्या है?'

लहनासिंह ने उसे तो यह कहकर सुला दिया कि 'एक हड़का हुआ कुत्ता आया था, मार दिया' और औरों को सब हाल कह दिया। सब बन्दूकें लेकर तैयार हो गये। लहना ने साफ़ा फाड़कर घाव के दोनों तरफ पट्टियाँ कसकर बाँधी। घाव माँस में ही था और पट्टियों के कसने से लहू निकलना बन्द हो गया।

---

1. खटिया। 2. सिर उड़ा दिया, मार डाला।

इतने में सत्तर जर्मन चिल्लाकर खाई में घुस पड़े। सिखों की बन्दूकों की बाढ़ ने पहले धावे को रोका। दूसरे को रोका। पर वहाँ थे आठ। (लहनासिंह तक-तक कर मार रहा था। वह खड़ा था और जर्मन लेटे हुए थे) और वे सत्तर। अपने मुर्दा भाइयों के शरीर पर चढ़कर जर्मन आगे घुस आते थे। थोड़े से मिनटों में अचानक आवाज आयी 'वाहे गुरुजी की फतह! वाहे गुरुजी का खालसा!!' और धड़ाधड़ बन्दूकों के फायर जर्मनों की पीठ पर पड़ने लगे। ऐन मौके पर जर्मन दो चक्की के पाटों में आ गये। पीछे से सूबेदार हजारासिंह के जवान आग बरसाते थे और सामने लहनासिंह के साथियों के संगीन चल रहे थे। पास आने पर पीछे वालों ने संगीन पिरोना शुरू कर दिया।

एक किलकारी और–'अकाल सिक्खाँ दी फौज आयी! वाहे गुरुजी दी फतह! वाहे गुरुजी दी खालसा! सत श्री अकाल पुरुख!!!' और लड़ाई खत्म हो गयी। तिरसठ जर्मन या तो खेत रहे थे या कराह रहे थे। सिखों में पन्द्रह के प्राण गये। सूबेदार के दाहिने कन्धे में से गोली आरपार निकल गयी। लहनासिंह की पसली में एक गोली लगी। उसने घाव को ख़न्दक की गीली मट्टी से पूर लिया और बाकी का साफ़ा कसकर कमरबन्द की तरह लपेट लिया। किसी को खबर न पड़ी कि लहना के दूसरा घाव–भारी घाव लगा है।

लड़ाई के समय चाँद निकल आया था, ऐसा चाँद कि जिसके प्रकाश से संस्कृत-कवियों का दिया हुआ '*क्षयी*[1]' नाम सार्थक होता है। और हवा ऐसी चल रही थी जैसी कि बाणभट्ट की भाषा में '*दन्तवीणोपदेशाचार्य*[2]' कहलाती है। वजीरासिंह कह रहा था कि कैसे मन-मन भर फ्रांस की भूमि मेरे बूटों से चिपक रही थी, जब मैं दौड़ा-दौड़ा सूबेदार के पीछे गया था। सूबेदार लहनासिंह से सारा हाल सुनकर और कागजात पाकर सभी उसकी तुरन्त-बुद्धि को सराह रहे थे और कह रहे थे कि तू न होता, तो आज सब मारे जाते।

इस लड़ाई की आवाज तीन मील दाहिनी ओर की खाई वालों ने सुन ली थी। उन्होंने पीछे टेलीफोन कर दिया था। वहाँ से झटपट दो डाक्टर और दो बीमारों को ढोने की गाड़ियाँ चलीं, जो एक-डेढ़ घण्टे के अन्दर-अन्दर आ पहुँचीं। फील्ड अस्पताल नजदीक था। सुबह होते-होते वहाँ पहुँच जायेंगे, इसलिए मामूली पट्टी बाँधकर एक गाड़ी में घायल लिटाये गये और दूसरी में लाशें रखी गयीं। सूबेदार ने लहनासिंह की जाँघ में पट्टी बँधवाना चाहा। उसने यह कहकर टाल दिया कि थोड़ा घाव है, सबेरे देखा जायेगा। बोधासिंह ज्वर में *बर्रा*[3] रहा था। उसे गाड़ी में लिटाया गया। सूबेदार लहना को छोड़कर जाते नहीं थे। उसने कहा–

'तुम्हें बोधा की कसम है और सूबेदारनी जी की सौगन्ध है, जो इस गाड़ी में न चले जाओ।'

---

1. नष्ट या क्षय होने वाला। 2. ठण्ड से दाँत कटकटाना। 3. बड़बड़ाना।

'और तुम?'

'मेरे लिए वहाँ पहुँचकर गाड़ी भेज देना। और जर्मन मुरदों के लिए भी तो गाड़ियाँ आती होंगी। मेरा हाल बुरा नहीं है। देखते नहीं, मैं खड़ा हूँ? वजीरासिंह मेरे पास है ही।'

'अच्छा, पर–'

'बोधा गाड़ी पर लेट गया? भला! आप भी चढ़ जाओ। सुनिए तो, सूबेदारनी होराँ को चिट्ठी लिखो, तो मेरा मत्था टेकना लिख देना। और जब घर जाओ, तो कह देना कि जो उसने कहा था, वह मैंने कर दिया।'

गाड़ियाँ चल पड़ी थीं। सूबेदार ने चढ़ते-चढ़ते लहना का हाथ पकड़कर कहा, तैंने मेरे और बोधा के प्राण बचाये हैं। लिखना कैसा? साथ ही घर चलेंगे। अपनी सूबेदारनी को तू ही कह देना। उसने क्या कहा था?'

'अब आप गाड़ी पर चढ़ जाओ। मैंने जो कहा, वह लिख देना और कह भी देना।'

गाड़ी के जाते ही लहना लेट गया। 'वजीरा! पानी पिला दे और मेरा कमरबन्द खोल दे। तर हो रहा है।'

(5)

मृत्यु के कुछ समय पहले स्मृति बहुत साफ हो जाती है। जन्मभर की घटनाएँ एक-एक करके सामने आती हैं। सारे दृश्यों के रंग साफ होते हैं, समय की धुन्ध बिलकुल उनपर से हट जाती है।

लहनासिंह बारह वर्ष का है। अमृतसर में मामा के यहाँ आया हुआ है। दही वाले के यहाँ, सब्जी वाले के यहाँ, हर कहीं उसे एक आठ वर्ष की लड़की मिल जाती है। जब वह पूछता है कि 'तेरी कुड़माई हो गयी?' वो 'धत्' कहकर भाग जाती है। एक दिन उसने वैसे ही पूछा, तो उसने कहा–'हाँ, कल हो गयी, देखते नहीं, यह रेशम के फूलों वाला सालू?' सुनते ही लहनासिंह को दुःख हुआ क्रोध हुआ। क्यों हुआ?

'वजीरासिंह पानी पिला दे।'

X   X   X   X

पच्चीस वर्ष बीत गये लहनासिंह नं. 77 रैफल्स में जमादार हो गया है। उस आठ वर्ष की कन्या का ध्यान ही न रहा। न मालूम वह कभी मिली थी या नहीं। सात दिन की छुट्टी लेकर ज़मीन के मुकदमे की पैरवी करने वह अपने घर गया। वहाँ रेजिमेण्ट के अफसर की चिट्ठी मिली कि फौज *लाम*[1] पर जाती है। फौरन चले आओ। साथ

---

1. लड़ाई।

100

ही सूबेदार हजारासिंह की चिट्ठी मिली कि मैं और बोधासिंह भी लाम पर जाते हैं। लौटते हुए हमारे घर होते जाना। साथ चलेंगे। सूबेदार का गाँव रास्ते में पड़ता था और सूबेदार उसे बहुत चाहता था। लहनासिंह सूबेदार के यहाँ पहुँचा।

जब चलने लगे, तब सूबेदार *वेढे*[1] में से निकलकर आया। बोला–'लहना! सूबेदारनी तुमको जानती हैं। बुलाती हैं, जा मिल आ।' लहनासिंह भीतर पहुँचा, सूबेदारनी मुझे जानती है? कब से! रेजिमेण्ट के क्वाटरों में तो कभी सूबेदार के घर के लोग रहे नहीं। दरवाजे पर जाकर 'मत्था टेकना' कहा। असीस सुनी। लहनासिंह चुप।

'मुझे पहचाना?'

'नहीं।'

'तेरी कुड़माई हो गयी?'–'धत्'–'कल ही हो गयी–देखते नहीं रेशमी बूटों वाला शालू–अमृतसर में–'

भावों की टकराहट से मूर्च्छा खुली। करवट बदली। पसली का घाव बह निकला।

'वजीरा, पानी पिला'–'उसने कहा था।'

X X X X

स्वप्न चल रहा है। सूबेदारनी कह रही है–मैंने तेरे को आते ही पहचान लिया। एक काम कहती हूँ। मेरे तो भाग फूट गये। सरकार ने बहादुरी का ख़िताब दिया है, लायलपुर में जमीन दी है, आज नमकहलाली का मौका आया है। पर सरकार ने हम *तीमियों*[2] की एक घघरिया पल्टन क्यों न बना दी, जो मैं भी सूबेदारजी के साथ चली जाती? एक बेटा है। फौज में भरती हुए इसे एक ही बरस हुआ। इसके पीछे चार और हुए, पर एक भी नहीं जिया।' सूबेदारनी रोने लगी, 'अब दोनों जाते है। मेरे भाग! तुम्हें याद है, एक दिन ताँगे वाले का घोड़ा दही वाले की दुकान के पास बिगड़ गया था। तुमने उस दिन मेरे प्राण बचाये थे। आप घोड़े की लातों में चले गये थे और मुझे उठाकर दुकान के तख्ते पर खड़ाकर दिया था। ऐसे इन दोनों को बचाना। यह मेरी भिक्षा है। तुम्हारे आगे मैं आँचल पसारती हूँ।'

रोती-रोती सूबेदारनी *ओबरी*[3] में चली गयी। लहना भी आँसू पोंछता हुआ बाहर आया।

'वजीरा, पानी पिला'–उसने कहा था।'

X X X X

---

1. घर में से। 2. स्त्रियों। 3. अन्दर का घर।

लहना का सिर अपनी गोदी पर लिटाये वजीरासिंह बैठा है। जब माँगता है, तब पानी पिला देता है। आध घण्टे तक लहना गुम रहा। फिर बोला–

'कौन? कीरतसिंह?'

वजीरा ने कुछ समझकर कहा, 'हाँ।'

'भइया, मुझे और ऊँचा कर ले। बस *पट्ट*[1] पर मेरा सिर रख ले।' वजीरा ने वैसा ही किया।

'हाँ, अब ठीक है। पानी पिला दे। बस! अब के *हाड़*[2] में यह आम खूब फलेगा। चाचा-भतीजा दोनों यहीं बैठकर आम खाना। जितना बड़ा तेरा भतीजा है, उतना ही यह आम है। जिस महीने उसका जन्म हुआ था, उसी महीने मैंने इसे लगाया था।

वजीरासिंह के आँसू टप-टप पड़ रहे थे।

X X X X

कुछ दिन बाद लोगों ने अखबारों में पढ़ा–

फ्रांस और बेल्जियम–68वीं सूची–मैदान में घावों से मरा–नं. 77 सिख राइफल्स–जमादार लहनासिंह।

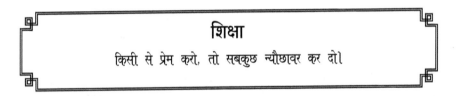

शिक्षा

किसी से प्रेम करो, तो सबकुछ न्यौछावर कर दो।

सन्देश

➢ प्रेम में उपकार भावना नहीं, त्याग भावना होनी चाहिए।

➢ प्रेम प्रतिदान नहीं, बलिदान माँगता है।

➢ प्रेम पूजा है, इबादत है, कर्म है, कर्तव्य है।

---

1. जाँघ। 2. आषाढ़।

जयशंकर प्रसाद

जन्म: 30 जनवरी 1889 (वि. सं. 1946)
मृत्यु: 14 नवम्बर 1937 (वि. सं. 1994)

जयशंकर प्रसादजी का जन्म काशी के एक प्रसिद्ध वैश्य परिवार में सन् 1889 ई. में हुआ था। काशी में उनका परिवार 'सुँघनी साहू' के नाम से प्रसिद्ध था। इनके यहाँ तम्बाकू का व्यापार होता था। प्रसादजी के पितामह का नाम शिवरत्न साहू और पिता का नाम 'देवी प्रसाद' था। पितामह शिव के परम भक्त और दयालु थे। प्रसाद के पिताजी भी अत्यधिक उदार और साहित्य प्रेमी थे।

प्रसादजी का बाल्यकाल बहुत सुखमय व्यतीत हुआ। बाल्यावस्था में ही उन्होंने अपनी माता के साथ धारा क्षेत्र, ओंकारेश्वर, पुष्कर, उज्जैन और ब्रज आदि तीर्थों की यात्रा की। जिसका प्रभाव प्रसाद के बालमन पर पड़ा। यात्रा से लौटने के बाद प्रसादजी के पिता का स्वर्गवास हो गया। चार वर्ष बाद उनकी माता भी स्वर्गवासी हो गयीं। प्रसाद के पालन-पोषण और शिक्षा-दीक्षा का दायित्व उनके बड़े भाई शम्भूरत्न और भाभी पर पड़ा।

प्रसादजी नाम सर्वप्रथम क्वींस कॉलेज में लिखवाया गया, किन्तु स्कूल की पढ़ाई में उनका मन नहीं लगा, अत: उनकी शिक्षा का प्रबन्ध घर पर ही किया गया। प्रसाद घर पर ही योग्य शिक्षकों से अँग्रेजी और संस्कृत का अध्ययन करने लगे। उन्हें आरम्भ से ही साहित्य के प्रति प्रेम था। समय पाकर वे कविताएँ भी करने लगे। भाई ने पहले तो मना किया, किन्तु बाद में छूट दे दी। इसी बीच भाई का देहान्त हो गया। परिवार की आर्थिक स्थिति बिगड़ गयी, व्यापार भी समाप्त हो गया। प्रसादजी ने पैतृक सम्पत्ति बेचकर ऋणमुक्ति प्राप्त की, किन्तु उनका जीवन संघर्षों से टक्कर लेता रहा। प्रसादजी ने क्रमश: तीन विवाह किये, किन्तु तीनों की मृत्यु हो गयी। तीसरी पत्नी से उन्हें 'रत्नशंकर' नामक पुत्र की प्राप्ति हुई।

यद्यपि प्रसादजी बहुत संयमी थे, किन्तु आर्थिक संघर्ष और चिन्ताओं के कारण उनका स्वास्थ्य खराब हो गया। यह रोग उन्हें अत्यधिक कसरत और बादाम खाने से भी हो गया। प्रसादजी 'राजयक्ष्मा' के रोग से ग्रसित हो गये। इस रोग से मुक्ति पाने के लिए उन्होंने बहुत प्रयास किया, किन्तु सन् 1937, 14 नवम्बर को रोग ने उनके शरीर पर पूर्ण प्रभाव दिखाया और वे सदा के लिए संसार से विदा हो गये।

रचनाएँ: द्विवेदी युग से काव्य-यात्रा आरम्भ करने वाले प्रसादजी छायावादी काव्य के जन्मदाता एवं प्रवर्तक माने जाते हैं। प्रसादजी ने नाटक, कहानी, उपन्यास, निबन्ध और काव्य के क्षेत्र में अपनी विलक्षण प्रतिभा का परिचय दिया। प्रसादजी ने संस्कृत के तत्सम शब्दों से युक्त कुल 67 रचनाएँ हिन्दी साहित्य जगत् में प्रस्तुत कीं। इनमें से प्रमुख रचनाएँ निम्नलिखित हैं–

(1) कामायनी (छायावादी महाकाव्य)

(2) आँसू (छायावादी मुक्तक विरह काव्य)

(3) चित्राधार (ब्रजभाषा में रचित काव्य-संग्रह)

(4) लहर (भावात्मक हिन्दी काव्य-संग्रह)

(5) झरना (छायावादी कविताओं का संग्रह)

(6) **नाटक**-उनके नाटकों में चन्द्रगुप्त, स्कन्दगुप्त, ध्रुवस्वामिनी, जनमेजय का नागयज्ञ, कामना, एक घूँट, विशाख, राजश्री, कल्याणी, अज्ञातशत्रु और प्रायश्चित हैं।

(7) **उपन्यास**-कंकाल, तितली और इरावती (अपूर्ण)

(8) **कहानी-संग्रह**-प्रसादजी उत्कृष्ट कोटि के कहानीकार थे। उनकी कहानियों में भारत का अतीत मुस्कुराता है। उनके कहानी-संग्रह हैं-प्रतिध्वनि, छाया, आकाशदीप, आँधी और इन्द्रजाल।

(9) **निबन्ध**-प्रसादजी उच्चकोटि के निबन्ध लेखक थे। उन्होंने अनेक निबन्धों की भी रचना की, जो 'काव्यकला और अन्य निबन्ध' संग्रह में संकलित हैं।

9

आकाशदीप

जयशंकर प्रसाद न केवल पद्य साहित्य में अपितु कथा साहित्य में भी बेजोड़ थे। उनकी लेखनी में संस्कृत की तत्सम् शब्दावली का धारा-प्रवाह प्रयोग हुआ है। अतीत के चित्रण में तो वे अति सफल हुए हैं। उनकी रचनाओं के अधिकांशतः विषय और पात्र ऐतिहासिक काल की पृष्ठभूमि से लिये गये हैं। उनके पात्र अत्यन्त भावुक और दृष्ढ़ चरित्र वाले हैं। आकाशदीप ऐसे पृष्ठभूमि पर आधारित एक श्रेष्ठ रचना है।

(1)

"बन्दी!"

"क्या है? सोने दो।"

"मुक्त होना चाहते हो?"

"अभी नहीं, निद्रा खुलने पर, चुप रहो।"

"फिर अवसर नहीं मिलेगा।"

"बहुत शीत है, कहीं से एक कम्बल डालकर कोई शीत से मुक्त करता।"

"आँधी की सम्भावना है। यही अवसर है। आज मेरे बन्धन *शिथिल*[1] हैं।"

"तो क्या तुम भी बन्दी हो?"

"हाँ, धीरे बोलो, इस नाव पर केवल दस नाविक और प्रहरी हैं।"

"शस्त्र मिलेगा?"

"मिल जायेगा। पोत से *सम्बद्ध*[2] *रज्जु*[3] काट सकोगे?"

"हाँ।"

समुद्र में हिलोरें उठने लगीं। दोनों बन्दी आपस में टकराने लगे। पहले बन्दी ने अपने को स्वतन्त्र कर लिया। दूसरे का बन्धन खोलने का प्रयत्न करने लगा। लहरों के धक्के एक-दूसरे को स्पर्श से पुलकित कर रहे थे। मुक्ति की आशा, स्नेह का असम्भावित आलिंगन। दोनों ही अन्धकार में मुक्त हो गये। दूसरे बन्दी ने हर्षातिरेक से उसको गले से लगा लिया। सहसा उस बन्दी ने कहा-"यह क्या? तुम स्त्री हो?"

"क्या स्त्री होना पाप है?" अपने को अलग करते हुए स्त्री ने कहा।

1. ढीला। 2. जुड़े हुए। 3. रस्सी।

"शस्त्र कहाँ है, तुम्हारा नाम?"

"चम्पा।"

तारक-*खचित*[1] नील अम्बर और समुद्र के अवकाश में पवन ऊधम मचा रहा था। अन्धकार से मिलकर पवन दुष्ट हो रहा था। समुद्र में आन्दोलन था। नौका लहरों में *विकल*[2] थी। स्त्री सतर्कता से लुढ़कने लगी। एक मतवाले नाविक के शरीर से टकराती हुई सावधानी से उसका कृपाण निकालकर, फिर लुढ़कते हुए, बन्दी के समीप पहुँच गयी। सहसा पोत से पथ-प्रदर्शक ने चिल्लाकर कहा-"आँधी।"

आपत्तिसूचक तूर्य बजने लगा। सब सावधान होने लगे। बन्दी युवक उसी तरह पड़ा रहा। किसी ने रस्सी पकड़ी, कोई पाल खोल रहा था। पर युवक बन्दी ढुलककर उस रज्जु के पास पहुँचा, जो पोत से *संलग्न*[3] था। तारे ढक गये। तरंगें उद्वेलित हुईं, समुद्र गरजने लगा। भीषण आँधी पिशाचिनी के समान नाव को अपने हाथों में लेकर *कन्दुक-क्रीड़ा*[4] और अट्टहास करने लगी।

एक झटके के साथ ही नाव स्वतन्त्र थी। उस संकट में भी दोनों बन्दी खिल-खिलाकर हँस पड़े। आँधी के हाहाकार में उसे कोई न सुन सका।

(2)

अनन्त *जलनिधि*[5] में उषा का मधुर आलोक फूट उठा। सुनहरी किरणों और लहरों की कोमल सृष्टि मुसकराने लगी। सागर शान्त था। नाविकों ने देखा, पोत का पता नहीं। बन्दी मुक्त हैं।

नायक ने कहा-"बुधगुप्त! तुमको मुक्त किसने किया?"

कृपाण दिखाकर बुधगुप्त ने कहा-"इसने।"

नायक ने कहा-"तो तुम्हें फिर बन्दी बनाऊँगा।"

"किसके लिए? पोताध्यक्ष मणिभद्र *अतल*[6] जल में होगा-नायक! अब इस नौका का स्वामी मैं हूँ।"

"तुम? जलदस्यु बुधगुप्त? कदापि नहीं," चौंककर नायक ने कहा और वह अपना कृपाण टटोलने लगा। चम्पा ने इसके पहले ही उसपर अधिकार कर लिया था। वह क्रोध से उछल पड़ा।

"तो तुम द्वन्द्वयुद्ध के लिए प्रस्तुत हो जाओ, जो विजयी होगा, वह स्वामी होगा,"इतना कहकर बुधगुप्त ने कृपाण देने का संकेत किया। चम्पा ने कृपाण नायक के हाथ में दे दिया।

भीषण घात-प्रतिघात आरम्भ हुआ। दोनों कुशल, दोनों त्वरित गति वाले थे। बड़ी निपुणता से बुधगुप्त ने अपना कृपाण दाँतों से पकड़कर अपने दोनों हाथ

---

1. तारो भरे आकाश। 2. व्याकुल। 3. जुड़ा हुआ। 4. गेंद खेलने का खेल। 5. सागर। 6. गहरायी।

स्वतन्त्र कर लिये। चम्पा भय और विस्मय से देखने लगी। नाविक प्रसन्न हो गये। परन्तु बुधगुप्त ने लाघव से नायक का कृपाण वाला हाथ पकड़ लिया और विकट हुँकार से दूसरा हाथ *कटि*[1] में डालकर उसे गिरा दिया। दूसरे ही क्षण प्रभात की किरणों में बुधगुप्त का विजयी कृपाण उसके हाथों में चमक उठा। नायक की कातर आँखें प्राण-भिक्षा माँगने लगीं।

बुधगुप्त ने कहा–"बोलो, अब स्वीकार है या नहीं?"

"मैं अनुचर हूँ, वरुणदेव की शपथ। मैं विश्वासघात नहीं करूँगा।" बुधगुप्त ने उसे छोड़ दिया।

चम्पा ने युवक जलदस्यु के समीप आकर उसके *क्षतों*[2] को अपनी *स्निग्ध*[3] दृष्टि और कोमल करों से वेदना-विहीन कर दिया। बुधगुप्त के सुगठित शरीर पर रक्तबिन्दु विजय-तिलक कर रह थे।

विश्राम लेकर बुधगुप्त ने पूछा–"हम लोग कहाँ होंगे?"

"बालीद्वीप से बहुत दूर, सम्भवतः एक नवीन द्वीप के पास, जिसमें अभी हम लोगों का बहुत कम आना-जाना होता है, सिंहल के वणिकों का वहाँ प्राधान्य है।"

"हम लोग कितने दिनों में वहाँ पहुँचेंगे?"

"अनुकूल पवन मिलने पर दो दिन में। तब तक के लिए खाद्य का अभाव न होगा।"

सहसा नायक ने नाविकों को डाँड़ लगाने की आज्ञा दी, और स्वयं पतवार पकड़कर बैठ गया। बुधगुप्त के पूछने पर उसने कहा–"यहाँ यह जलमग्न शैलखण्ड है। सावधान न रहने से नाव टकराने का भय है।"

(3)

"तुम्हें इन लोगों ने बन्दी क्यों बनाया?"

"वणिक मणिभद्र की पाप-वासना ने।"

"तुम्हारा घर कहाँ है?"

"*जाह्नवी*[4] के तट पर। चम्पा-नगरी की एक क्षत्रिय बालिका हूँ। पिता इसी मणिभद्र के यहाँ प्रहरी का काम करते थे। माता का देहावसान हो जाने पर मैं भी पिता के साथ नाव पर ही रहने लगी। आठ बरस से समुद्र ही मेरा घर है। तुम्हारे आक्रमण के समय मेरे पिता ने ही सात दस्युओं को मारकर जल-समाधि ली। एक मास हुआ, मैं इस नीलनभ के नीचे, नील *जलनिधि*[5] के ऊपर, एक भयानक अनन्तता में निस्सहाय हूँ। मणिभद्र ने मुझसे एक दिन घृणित प्रस्ताव

---

1. कमर। 2. घावों। 3. प्रेम में भीगी। 4. गंगा। 5. सागर।

108

किया। मैंने उसे गालियाँ सुनायीं। उसी दिन से बन्दी बना दी गयी।" चम्पा रोष से जल रही थी।

"मैं भी ताम्रलिप्ति का एक क्षत्रिय हूँ, चम्पा! परन्तु दुर्भाग्य से जलदस्यु बनकर जीवन बिताता हूँ। अब तुम क्या करोगी?"

"मैं अपने *अदृष्ट*[1] को *अनिर्दिष्ट*[2] ही रहने दूँगी। वह जहाँ ले जाये।" चम्पा की आँखें *निस्सीम*[3] प्रदेश में निरुद्देश्य थीं। किसी आकांक्षा के लाल डोरे न थे। धवल अपांगों में बालकों के सदृश विश्वास था। हत्या-व्यवसायी दस्यु भी उसे देखकर काँप गया। उसके मन में सम्भ्रमपूर्ण श्रद्धा यौवन की पहली लहरों को जगाने लगी। समुद्र-वक्ष पर विलम्बमयी *राग-रंजित*[4] सन्ध्या थिरकने लगी। चम्पा के असंयत *कुन्तल*[5] उसकी पीठ पर बिखरे थे। दुर्दान्त दस्यु ने देखा, अपनी महिमा में अलौकिक एक तरुण बालिका। वह विस्मय से अपने हृदय को टटोलने लगा। उसे एक नयी वस्तु का पता चला। वह थी-कोमलता।

उसी समय नायक ने कहा-"हम लोग द्वीप के पास पहुँच गये।"

बेला से नाव टकरायी। चम्पा निर्भीकता से कूद पड़ी। माँझी भी उतरे। बुध गुप्त ने कहा-जब इसका कोई नाम नहीं है, तो हम लोग इसे चम्पाद्वीप कहेंगे।"

चम्पा हँस पड़ी।

पाँच बरस बाद-

शरद[6] के *धवल*[7] नीलगगन में झिलझिला रहे थे। चन्द्र की उज्ज्वल विजय पर अन्तरिक्ष में *शरदलक्ष्मी*[8] ने आशीर्वाद के फूलों और *खीलों*[9] को बिखेर दिया।

चम्पा द्वीप के एक *उच्चसौध*[10] पर बैठी हुई तरुणी चम्पा दीपक जला रही थी। बड़े यत्न से अभ्रक की *मंजूषा*[11] में दीप भरकर उसने अपनी सुकुमार अँगुलियों से डोरी खींची। वह दीपाधार ऊपर चढ़ने लगा। भोली-भाली आँखें, उसे ऊपर चढ़ते बड़े हर्ष से देख रही थीं। डोरी धीरे-धीरे खींची गयी। चम्पा की कामना थी कि उसका आकाशदीप नक्षत्रों से हिलमिल जाये, किन्तु वैसा होना असम्भव था। उसने आशा भरी आँखें फिरा लीं।

सामने जलराशि का रजत श्रृंगार था। वरुण बालिकाओं के लिए लहरों से हीरे और नीलम की क्रीड़ा *शैल-मालायें*[12] बन रही थीं, और वे मायाविनी *छलनाएँ*[13] अपनी हँसी का *कल-नाद*[14] छोड़कर छिप जाती थीं। दूर-दूर से *धीवरों*[15] का *वंशीझनकार*[16] उनके संगीत-सा मुखरित होता था। चम्पा ने देखा

1. भाग्य। 2. बिना आदेश दिये। 3. सीमारहित। 4. प्रेम में पगी (भीगी)। 5. बाल। 6. जाड़ा।
7. श्वेत, उज्ज्वल, तारों का समूह। 8. शरदरूपी लक्ष्मी। 9. भुने धान का लावा। 10. भवन।
11. पिटारी 12. पत्थर की मालाएँ। 13. छलने वाली। 14. स्वर। 15. मल्लाह। 16. वंशीध्वुन।

कि तरल संकुल जलराशि में उसके कण्डील का प्रतिबिम्ब अस्त-व्यस्त था। यह अपनी पूर्णता के लिए सैकड़ों चक्कर काटता था। वह अनमनी होकर उठ खड़ी हुई किसी को पास न देखकर पुकारा–"जया!"

दूरागत[1] पवन चम्पा के आँचल में विश्राम लेना चाहता था। उसके हृदय में गुदगुदी हो रही थी। आज न जाने क्यों बेसुध थी। एक दीर्घकाय दृढ़ पुरुष ने उसकी पीठ पर हाथ रखकर चमत्कृत कर दिया। उसने मुड़कर कहा–"बुधगुप्त!"

"बावली हो क्या? यहाँ बैठी हुई अभी तक दीप जला रही हो, तुम्हें यह काम करना है?"

"*क्षीरनिधिशायी*[2] अनन्त की प्रसन्नता के लिए क्या दासियों से आकाशदीप जलवाऊँ?"

"हँसी आती है। तुम किसको दीप जलाकर पथ दिखाना चाहती हो? उसको, जिसको तुमने भगवान् मान लिया है?"

"हाँ, वह भी कभी भटकते हैं, भूलते हैं, नहीं तो बुधगुप्त को इतना ऐश्वर्य क्यों देते?"

"तो बुरा क्या हुआ, इस द्वीप की अधीश्वरी चम्पा रानी!"

"मुझे इस बन्दीगृह से मुक्त करो। अब तो बाली, जावा और सुमात्रा का वाणिज्य केवल तुम्हारे ही अधिकार में है महानाविक! परन्तु मुझे उन दिनों की स्मृति सुहावनी लगती है, जब तुम्हारे पास एक ही नाव थी और चम्पा के उपकूल[3] में पुण्य लादकर हम लोग सुखी जीवन बिताते थे। इस जल में अगणित बार हम लोगों की तरी[4] अलोकमय प्रभात में तारिकाओं की मधुर ज्योति में थिरकती थी। बुधगुप्त! उस *विजन*[5] अनन्त में जब माँझी सो जाते थे, दीपक बुझ जाते थे, हम-तुम परिश्रम से थककर पालों में शरीर लपेटकर एक-दूसरे का मुँह क्यों देखते थे? वह नक्षत्रों की मधुर छाया।"

"तो चम्पा! अब उससे भी अच्छे ढंग से हम लोग विचर सकते हैं। तुम मेरी प्राणदात्री हो, मेरी सर्वस्व हो।"

"नहीं-नहीं, तुमने दस्युवृत्ति छोड़ दी, परन्तु हृदय वैसा ही अकरुण, *सतृष्ण*[6] और ज्वलनशील है। तुम भगवान् के नाम पर हँसी उड़ाते हो। मेरे आकाशदीप पर व्यंग्य कर रहे हो। नाविक! उस प्रचण्ड आँधी में प्रकाश की एक-एक किरण के लिए हम लोग कितने व्याकुल थे। मुझे स्मरण है, जब मैं छोटी थी, मेरे पिता नौकरी पर समुद्र में जाते थे, मेरी माता मिट्टी का दीपक बाँस की पिटारी में भागीरथी के तट पर बाँस के साथ ऊँचे बाँग देती थी। उस समय

---

1. दूर से आता हुआ। 2. समुद्र शैया पर सोने वाले। 3. द्वीप। 4. नौका। 5. एकान्त। 6. प्यासा।

110

वह प्रार्थना करती–'भगवान्! मेरे पथ-भ्रष्ट नाविक को अन्धकार में ठीक पथ पर ले चलना।' और जब मेरे पिता बरसों पर लौटते, तो कहते– 'साध्वी! तेरी प्रार्थना से भगवान् ने संकटों में मेरी रक्षा की है।' वह गद्गद् हो जाती। मेरी माँ! आह नाविक! यह उसी की पुण्य-स्मृति है। मेरे पिता, वीर पिता की मृत्यु के निष्ठुर कारण, जलदस्यु! हट जाओ।" सहसा चम्पा का मुख क्रोध से भीषण होकर रंग बदलने लगा। महानाविक ने कभी यह रूप न देखा था। वह ठठाकर हँस पड़ा।

"यह क्या चम्पा? तुम अस्वस्थ हो जाओगी, सो रहो।" कहता हुआ चला गया। चम्पा मुट्टी बाँधे उन्मादिनी-सी¹ घूमती रही।

(5)

निर्जन समुद्र के उपकूल में वेला से टकराकर लहरें बिखर जाती थीं। पश्चिम का पथिक थक गया था। उसका मुख पीला पड़ गया। अपनी शान्त, गम्भीर हलचल में जलनिधि विचार में निमग्न था। वह जैसे प्रकाश की उन्मलिन² किरणों से विरक्त था

चम्पा और जया धीरे-धीरे उस तट पर आकर खड़ी हो गयीं। तरंग से उठते हुए पवन ने उसके वसन³ को अस्त-व्यस्त कर दिया। जया के संकेत से एक छोटी-सी नौका आयी। दोनों के उस पर बैठते ही नाविक उतर गया। जया नाव खेने लगी। चम्पा मुग्ध-सी समुद्र के उदास वातावरण में अपने को मिश्रित कर देना चाहती थी।

"इतना जल! इतनी शीतलता! हृदय की प्यास न बुझी। पी सकूँगी? नहीं, तो जैसे वेला में चोट खाकर सिन्धु चिल्ला उठता है, उसी के समान रोदन करूँ? या जलते हुए स्वर्ण-गोलक⁴ सदृश अनन्त जल में डूबकर बुझ जाऊँ?" चम्पा के देखते-देखते पीड़ा और ज्वलन से आरक्त बिम्ब धीरे-धीरे सिन्धु में चौथाई, आधा, फिर सम्पूर्ण विलीन हो गया। एक दीर्घ निःश्वास लेकर चम्पा ने मुँह फेर लिया। देखा, तो महानाविक का बजरा उसके पास है। बुधगुप्त ने झुककर हाथ बढ़ाया। चम्पा उसके सहारे बजरे पर चढ़ गयी। दोनों पास-पास बैठ गये।

"इतनी छोटी नाव पर इधर घूमना ठीक नहीं। पास ही वह जलमग्न शैलखण्ड है। कहीं नाव टकरा जाती या ऊपर चढ़ जाती, चम्पा तो?"

"अच्छा होता, बुधगुप्त! जल में बन्दी होना कठोर प्राचीरों से तो अच्छा है।"

"आह चम्पा! तुम कितनी निर्दयी हो। बुधगुप्त को आज्ञा देकर देखो तो, वह क्या नहीं कर सकता। जो तुम्हारे लिए नये द्वीप की सृष्टि कर सकता है, नयी प्रजा खोज सकता है, नये राज्य बना सकता है, उसकी परीक्षा लेकर देखो तो...। कहो, चम्पा!

---

1. पागल जैसी। 2. खुली। 3. वस्त्र। 4. सूर्यपिण्ड।

वह कृपाण से अपना हृदय-पिण्ड निकालकर अपने हाथों अतल जल में विसर्जन कर दे।" महानाविक-जिसके नाम से बाली, जावा और चम्पा का आकाश गूँजता था, पवन थर्राता था-घुटनों के बल चम्पा के सामने छलछलाई आँखों से बैठा था।

सामने शैलमाला की चोटी पर हरियाली से विस्तृत जल-देश में, *नील पिंगल*[1] सन्ध्या, प्रकृति की सहृदय कल्पना, विश्राम की शीतल छाया, स्वप्नलोक का *सृजन*[2] करने लगी। उस मोहिनी के रहस्यपूर्ण नीलजाल का कुहक स्फुट हो उठा। जैसे मदिरा से सारा अन्तरिक्ष *सिक्त*[3] हो गया। सृष्टि नील कमलों से भर उठी। उस *सौरभ*[4] से पागल चम्पा ने बुधगुप्त के दोनों हाथ पकड़ लिये। वहाँ एक आलिंगन हुआ, जैसे क्षितिज में आकाश और सिन्धु का। किन्तु *परिरम्भ*[5] में सहसा *चैतन्य*[6] होकर चम्पा ने अपनी *कंचुकी*[7] से एक *कृपाण*[8] निकाल लिया।

"बुधगुप्त! आज मैं अपने प्रतिशोध का कृपाण अतल जल में डुबो देती हूँ। हृदय ने छल किया, बार-बार धोखा दिया।" चमककर वह कृपाण समुद्र का हृदय बेधता हुआ विलीन हो गया।

"तो आज मैं विश्वास करूँ, कि क्षमा कर दिया गया?" आश्चर्य कम्पित कण्ठ से महानाविक ने पूछा।

"विश्वास? कदापि नहीं, बुधगुप्त! जब मैं अपने हृदय पर विश्वास नहीं कर सकी, उसी ने धोखा दिया, तब मैं कैसे कहूँ? मैं तुमसे घृणा करती हूँ, फिर भी तुम्हारे लिए मर सकती हूँ। अन्धेर है जलदस्यु! तुम्हें प्यार करती हूँ" चम्पा रो पड़ी।

वह स्वप्नों की रंगीन सन्ध्या, तुमसे अपनी आँखें बन्द करने लगी थी। दीर्घ निःश्वास लेकर महानाविक ने कहा-"इस जीवन की पुण्यतम घड़ी की स्मृति में एक प्रकाश-गृह बनाऊँगा, चम्पा! यहीं उस पहाड़ी पर। सम्भव है कि मेरे जीवन की धुँधली सन्ध्या उससे *आलोकपूर्ण*[9] हो जाये।"

(6)

चम्पा के दूसरे भाग में एक मनोरम शैलमाला थी। वह बहुत दूर तक सिन्धु-जल में निमग्न थी। सागर का चंचल जल उस पर उछलता हुआ उसे छिपाये था। आज उसी शैलमाला पर चम्पा के आदि-निवासियों का समारोह था। उन सबों ने चम्पा को वनदेवी-सा सजाया था। ताम्रलिप्ति के बहुत से सैनिक नाविकों की श्रेणी में वन-कुसुम-विभूषिता चम्पा, *शिविकारूढ़*[10] होकर जा रही थी।

शैल के एक ऊँचे शिखर पर चम्पा के नाविकों को सावधान करने के लिए सुदृढ़ दीप-स्तम्भ बनवाया गया था। आज उसी का महोत्सव है। बुधगुप्त स्तम्भ

1. नीला-पीला। 2. निर्माण। 3. भीग। 4. महक। 5. सम्भोग क्रिया। 6. सावधान। 7. चोली।
8. कटार। 9. प्रकाशित। 10. पालकी पर सवार।

के द्वार पर खड़ा था। शिविका से सहायता लेकर चम्पा को उसने उतारा। दोनों ने भीतर पदार्पण किया था कि बाँसुरी और ढोल बजने लगे। पंक्तियों में कुसुम-भूषण से सजी वन-बालाएँ फूल उछालती हुई नाचने लगीं।

दीप-स्तम्भ की ऊपरी खिड़की से यह देखती हुई चम्पा ने जया से पूछा-"यह क्या है जया? इतनी बालाएँ कहाँ से बटोर लायीं,"

"आज रानी का ब्याह है न?" कहकर जया ने हँस दिया।

बुधगुप्त विस्तृत जलनिधि की ओर देख रहा था। उसको झकझोरकर चम्पा ने पूछा-"क्या यह सच है?"

"यदि तुम्हारी इच्छा हो, तो यह सच भी हो सकता है, चम्पा! कितने वर्षों से मैं ज्वालामुखी को अपनी छाती में दबाये हूँ।"

"चुप रहो, महानाविक! क्या मुझे निस्सहाय और कंगाल जानकर तुमने आज सब प्रतिशोध लेना चाहा?"

"मैं तुम्हारे पिता का घातक नहीं हूँ, चम्पा! वह दूसरे दस्यु के शस्त्र से मरे।"

"यदि मैं इसका विश्वास कर सकती बुधगुप्त, वह दिन कितना सुन्दर होता, वह क्षण कितना *स्पृहणीय*[1]। आह! तुम इस निष्ठुरता में भी कितने महान् होते।"

जया नीचे चली गयी थी। स्तम्भ के संकीर्ण प्रकोष्ठ में बुधगुप्त और चम्पा एकान्त में एक-दूसरे के सामने बैठे थे।

बुधगुप्त ने चम्पा के पैर पकड़ लिये। उच्छ्वसित शब्दों में वह कहने लगा-"चम्पा! हम लोग जन्मभूमि-भारतवर्ष से कितनी दूर इन निरीह प्राणियों में इन्द्र और शची के समान पूजित हैं। पर न जाने क्यों, अभिशाप हम लोगों को अभी तक अलग किये है। स्मरण होता है वह दार्शनिकों का देश! वह महिमा की प्रतिभा! मुझे वह स्मृति नित्य आकर्षित करती है, परन्तु मैं क्यों नहीं जाता? जानती हो, इतना महत्व प्राप्त करने पर भी मैं कंगाल हूँ। मेरा पत्थर-सा हृदय एक दिन सहसा तुम्हारे स्पर्श से चन्द्रकान्तमणि की तरह द्रवित हुआ।

"चम्पा! मैं ईश्वर को नहीं मानता, मैं पाप को नहीं मानता, मैं दया को नहीं समझ सकता, मैं उस लोक में विश्वास नहीं करता। पर मुझे अपने हृदय के एक दुर्बल अंश पर श्रद्धा हो चली है। तुम न जाने कैसे एक बहकी हुई तारिका के समान मेरे शून्य में उदित हो गयी हो। आलोक की एक कोमल रेखा इस *निविड़तम*[2] में मुसकराने लगी। पशु-बल और धन के उपासक के मन में किसी शान्त और एकान्त कामना की हँसी खिलखिलाने लगी, पर मैं न हँस सका।

---

1. प्रशंसा योग्य। 2. घना अन्धकार।

"चलोगी चम्पा? पोतवाहिनी पर असंख्य धनराशि लादकर राजरानी-सी जन्मभूमि के अंक में? आज हमारा परिणय हो, कल ही हम लोग भारत के लिए प्रस्थान करें। महानाविक बुधगुप्त की आज्ञा सिन्धु की लहरें मानती हैं। वे स्वयं उस पोत-कुंज को दक्षिण पवन के समान भारत में पहुँचा देंगी। आह चम्पा! चलो।"

चम्पा ने उसके हाथ पकड़ लिये। किसी आकस्मिक झटके ने पलभर के लिए दोनों के अधरों को मिला दिया। सहसा चैतन्य होकर चम्पा ने कहा–"बुधगुप्त! मेरे लिए यह मिट्टी है, सब जल तरल है, सब पवन शीतल है। कोई विशेष आकांक्षा हृदय में अग्नि के समान प्रज्वलित नहीं है। सब मिलाकर मेरे लिए एक शून्य है। प्रिय नाविक! तुम स्वदेश लौट जाओ, विभवों का सुख भोगने के लिए और मुझे, छोड़ दो इन निरीह भोले-भाले प्राणियों के दुःख की सहानुभूति और सेवा के लिए।"

"तब मैं अवश्य चला जाऊँगा, चम्पा! यहाँ रहकर मैं अपने हृदय पर अधिकार रख सकूँ, इसमें सन्देह है। आह! उन लहरों में मेरा विनाश हो जाये।" महानाविक के उच्छ्वास में विकलता थी। फिर उसने पूछा–"तुम अकेली यहाँ क्या करोगी?"

"पहले विचार था कि कभी इस द्वीप-स्तम्भ पर से आलोक जलाकर अपने पिता की समाधि का इस जल से अन्वेषण करूँगी। किन्तु देखती हूँ, मुझे भी इसी में जलना होगा, जैसे आकाशदीप।"

(7)

एक दिन स्वर्ण-रहस्य के प्रभात में चम्पा ने अपने दीप-स्तम्भ से देखा सामुद्रिक नावों की एक श्रेणी चम्पा का उपकूल छोड़कर पश्चिम-उत्तर की ओर महाजल-व्याल के समान सन्तरण[1] कर रही है। उसकी आँखों में आँसू बहने लगे।

यह कितनी ही शताब्दियों पहले की कथा है। चम्पा आजीवन उस दीप-स्तम्भ में आलोक जलाती रही। किन्तु उसके बाद भी बहुत दिन, दीपनिवासी, उस माया-ममता और स्नेह-सेवा की देवी की समाधि-सदृश पूजा करते थे।

एक दिन काल के कठोर हाथों ने उसे भी अपनी चंचलता से गिरा दिया।

---

1. तैरना।

शिक्षा

मानव-मन का अन्तर्द्वन्द्व उसे प्रेम में असफल बना देता है।

सन्देश

➤ प्रेम एक ऐसी शक्ति है, जो असम्भव कार्य को भी सम्भव बनाती है और व्यक्ति उसकी आशा में बड़े से बड़ा भी कार्य कर पाता है।

➤ प्रेम एक दुधारी तलवारी है, जिस पर निर्द्वन्द्व चलना सरल नहीं।

➤ प्रेम में प्रतिदान की आशा मत करो।

10

गुण्डा

प्रसादजी का परिवार अपने विद्याप्रेम और दानवीरता के लिए विख्यात था। अतः कवियों, विद्वानों, संगीतज्ञों, पहलवानों, वैद्यों और ज्योतिषियों का वहाँ हमेशा जमघट लगा रहता था। प्रसादजी स्वयं संगीत और अखाड़े के प्रेमी थे। उनके परिवार के अन्य चाचा आदि भी अखाड़े में कसरत व कुश्ती के दाँव-पेच में जोर आजमाते थे। सम्भवतः इसी से प्रसाद के पुरुष पात्रों का माँसल सौन्दर्य उनकी रचनाओं में उभरकर आया है।

वह पचास से ऊपर था। तब भी युवकों से अधिक बलिष्ठ और दृढ़ था। चमड़े पर झुर्रियाँ नहीं पड़ी थीं। वर्षा की झड़ी में, पूस की रातों की छाया में, कड़कती हुई जेठ की धूप में, नंगे शरीर घूमने में वह सुख मानता था। उसकी चढ़ी मूँछें बिच्छू के डंक की तरह, देखने वालों की आँखों में चुभती थीं। उसका साँवला रंग, साँप की तरह चिकना और चमकीला था। उसकी नागपुरी धोती का लाल रेशमी किनारा दूर से ही ध्यान आकर्षित करता। कमर में बनारसी सेल्हे का फेंटा, जिसमें सीप की मूठ का *बिछूआ*[1] खुसा रहता था। उसक घुँघराले बालों पर सुनहरे पल्ले के साफे का छोर उसकी चौड़ी पीठ पर फैला रहता। ऊँचे कन्धे पर टिका हुआ चौड़ी धार का गँड़ासा, यह थी उसकी *धज*[2]। पंजों के बल पर वह चलता, तो उसकी नसें चटाचट बोलती थीं। वह गुण्डा था।

ईसा की अठारहवीं शताब्दी के अन्तिम भाग में वही काशी नहीं रह गयी थी, जिसमें उपनिषद् के अजातशत्रु की परिषद् में ब्रह्मविद्या सीखने के लिए विद्वान् ब्रह्मचारी आते थे। गौतमबुद्ध और शंकराचार्य के धर्म-दर्शन के वाद-विवाद, कई शताब्दियों से लगातार मन्दिरों और मठों के ध्वंस और तपस्वियों के वध के कारण प्रायः बन्द-से हो गये थे। यहाँ तक कि पवित्रता और छुआछूत में कट्टर वैष्णव-धर्म भी इस *विशृंखला*[3] में, नवागन्तुक धर्मोन्माद में अपनी असफलता देखकर काशी में *अघोर*[4] रूप धारण कर रहा था। उसी समय समस्त न्याय और बुद्धिवाद को शस्त्रबल के सामने झुकते देखकर, काशी के विच्छिन्न और निराश नागरिक जीवन ने एक नवीन सम्प्रदाय की सृष्टि की। वीरता जिसका धर्म था।

1. खंजर या कटार। 2. सजावट। 3. बिखराव। 4. भंयकर।

अपनी बात पर मिटना, सिंह-वृत्ति से जीविका ग्रहण करना, प्राण-भिक्षा माँगने वाले कायरों तथा चोट खाकर गिरे हुए प्रतिद्वन्द्वी पर शस्त्र न उठाना, सताये हुए निर्बलों को सहायता देना और प्रत्येक क्षण प्राणों को हथेली पर लिये घूमना, उसका *बाना*[1] था। उन्हें लोग काशी में *गुण्डा*[2] कहते थे।

जीवन की किसी *अलभ्य*[3] अभिलाषा से वंचित होकर जैसे प्रायः लोग विरक्त हो जाते हैं, ठीक उसी तरह मानसिक चोट से घायल होकर, एक प्रतिष्ठित जमींदार का पुत्र होने पर भी नन्हकूसिंह गुण्डा हो गया था। दोनों हाथों से उसने अपनी सम्पत्ति लुटायी। नन्हकूसिंह ने बहुत-सा रुपया खर्च करके जैसा स्वांग खेला था, उसे काशी वाले बहुत दिनों तक नहीं भूल सके। बसन्त ऋतु में वह प्रहसनपूर्ण अभिनय खेलने के लिए उन दिनों प्रचुर धन, बल, निर्भीकता और उच्छृंखलता की आवश्यकता होती थी। एक बार नन्हकूसिंह ने भी एक पैर में नुपूर, एक हाथ में तोड़ा, एक आँख में काजल, एक कान में हजारों की मोती तथा दूसरे कान में फटे हुए जूतों का तल्ला लटकाकर, एक हाथ में जड़ाऊ मूठ की तलवार, दूसरा हाथ आभूषणों से लदी हुई अभिनय करने वाली प्रेमिका के कन्धे पर रखकर गाया था–

"कही बैंगन वाली मिले, तो बुला देना।"

प्रायः बनारस के बाहर की हरियालियों में, अच्छे पानी वाले कुओं पर, गंगा की धारा में मचलती हुई डोंगी पर वह दिखायी पड़ता था। कभी-कभी जुएखाने से निकलकर जब वह चौक में आ जाता, तो काशी की रंगीली वेश्याएँ मुसकराकर उसका स्वागत करतीं और उसके दृढ़ शरीर को *सस्पृह*[4] देखतीं। वह *तमोली*[5] की ही दुकान पर बैठकर उनके गीत सुनता, ऊपर कभी नहीं जाता था। जुए की जीत का रुपया मुट्ठियों में भर-भरकर, उनकी खिड़की में इस तरह उछालता कि कभी-कभी समाजी लोग अपना सिर सहलाने लगते, तब वह ठठाकर हँस देता। जब कभी लोग कोठे के ऊपर चलने के लिए कहते, तो वह उदासी की साँस खींचकर चुप हो जाता।

वह अभी वंशी के जुआखाने से निकला था। आज उसकी कौड़ी ने साथ न दिया। सोलह परियों के नृत्य में उसका मन न लगा। मन्नू तमोली की दुकान पर बैठते हुए उसने कहा-"आज *साइत*[6] अच्छी नहीं रही, मन्नू!"

"क्यों मालिक! चिन्ता किस बात की है। हम लोग किस दिन के लिए हैं। सब आप ही का तो है।"

"अरे बुद्धू ही रहे तुम। नन्हकूसिंह जिस दिन किसी से लेकर जुआ खेलने

---

1. वेश। 2. स्वेच्छाचारी, निरंकुश। 3. जो प्राप्त न हो। 4. इच्छा-से। 5. पानवाला। 6. मुहूर्त।

लगे, तो उसी दिन समझना वह मर गये। तुम जानते नहीं कि मैं जुआ खेलने कब जाता हूँ, जब मेरे पास एक पैसा नहीं रहता। उसी दिन *नाल*[1] पर पहुँचते ही जिधर बड़ी ढेरी रहती है, उसी को *बदता*[2] हूँ और फिर वही दाँव आता भी है। बाबा कीनाराम का यह वरदान है।"

"तब आज क्यों, मालिक?"

"पहला दाँव तो आया ही, फिर दो-चार हाथ बदलने पर सब निकल गया। तब भी लो, यह पाँच रुपये बचे हैं। एक रुपया तो पान के लिए रख लो और चार दे दो मलूकी को, कह दो कि दुलारी से गाने के लिए कह दे, हाँ, वही एक गीत-"

"विलमि विदेश रहे।"

नन्हकूसिंह की बात सुनते ही मलूकी, जो अभी गाँजे की चिलम पर रखने के लिए अँगारा चूर कर रहा था, घबराकर उठ खड़ा हुआ। वह सीढ़ियों पर दौड़ता हुआ चढ़ गया। चिलम को देखने की शक्ति उसमें कहाँ। उसे नन्हकूसिंह की वह मूर्ति न भूली थी, जब इसी पान की दुकान पर जुएखाने से जीता हुआ, रुपये से भरा हुआ *तोड़ा*[3] लिये वह बैठा था। दूर से बोधीसिंह की बारात का बाजा बजता हुआ आ रहा था। नन्हकूसिंह ने पूछा-"यह किसकी बारात है?"

"ठाकुर बोधीसिंह के लड़के की।" मन्नू के इतना कहते ही नन्हकूसिंह के होंठ फड़कने लगे। उसने कहा-"मन्नू! यह नहीं हो सकता। आज इधर से बारात न जायेगी। बोधीसिंह हमसे निपटकर तब बारात इधर से ले जा सकेंगे।"

मन्नू ने कहा-"तब मालिक! मैं क्या करूँ?"

नन्हकूसिंह गँड़ासा कन्धे पर से और ऊँचा करके मलूकी से बोला-"मलुकिया देखता क्या है? अभी जा ठाकुर से कह दे कि बाबू नन्हकूसिंह आज यहीं *लगाने*[4] के लिए खड़े हैं। समझकर आयें, लड़के की बारात है।" मलुकिया काँपता हुआ ठाकुर बोधीसिंह के पास गया। बोधीसिंह और नन्हकूसिंह में पाँच वर्ष से सामना नहीं हुआ था। किसी दिन नाला पर कुछ बातों में ही कहा-सुनी होकर, बीच-बचाव हो गया था। फिर सामना नहीं हो सका। आज नन्हकूसिंह जान पर खेलकर अकेले खड़ा है। बोधीसिंह भी उस आन को समझते थे। उन्होंने मलूकी से कहा-"जा बे, कह दे कि हमको क्या मालूम कि बाबू साहब वहाँ खड़े हैं। जब वे हैं ही, तो दो समधी जाने का क्या काम है।" नन्हकूसिंह बारात लेकर गये। ब्याह में जो कुछ लगा, खर्च किया। ब्याह कराकर तब दूसरे दिन इसी दुकान पर आकर रुक गये। लड़के को और उसकी बारात को उसके घर भेज दिया।

---

1. जुआखाना। 2. दाँव पर लगाना। 3. थैली। 4. बदला साधने।

मलूकी को भी दस रुपया दिया था उस दिन। फिर नन्हकूसिंह की बात सुनकर बैठे रहना और यम को न्यौता देना एक ही बात थी। उसने जाकर दुलारी से कहा–"हम ठेका लगा रहे हैं, तुम गाओ, तब तक बल्लू सारंगी वाला पानी पीकर आता है।"

"बाप रे, कोई आफत आयी है क्या बाबू साहब? सलाम।" कहकर दुलारी ने खिड़की से मुसकराकर झाँका था कि नन्हकूसिंह उसके सलाम का जवाब देकर, दूसरे एक आने वाले को देखने लगे।

हाथ में हरौती की पतली-सी छड़ी, आँखों में सुरमा, मुँह में पान, मेंहदी लगी हुई लाल दाढ़ी, जिसकी सफेद जड़ दिखायी दे रही थी, कुव्वेदार टोपी, छकलिया अंगरखा और साथ में लेसदार परत वाले दो सिपाही। कोई मौलवी साहब हैं। नन्हकूसिंह हँस पड़ा। नन्हकू की ओर बिना देखे ही मौलवी ने एक सिपाही से कहा–"जाओ, दुलारी से कह दो कि आज रेजिडेण्ट साहब की कोठी पर मुजरा करना होगा, अभी से चले, देखो तब तक हम जानअली से कुछ इत्र ले रहे हैं।" सिपाही ऊपर चढ़ रहा था और मौलवी दूसरी ओर चले थे कि नन्हकूसिंह ने ललकारकर कहा–"दुलारी! हम कब तक यहाँ बैठे रहें। क्या अभी सारंगिया नहीं आया?"

दुलारी ने कहा–"वाह बाबू साहब! आप ही के लिए तो मैं यहाँ बैठी हूँ, सुनिए न! आप तो कभी...।" मौलवी जल उठा। उसने कड़ककर कहा–"चोबदार! अभी वह सूअर की बच्ची उतरी नहीं। जाओ, कोतवाल के पास मेरा नाम लेकर कहो कि मौलवी अलाउद्दीन कुबरा ने बुलाया है। आकर उसकी मरम्मत करें। देखता हूँ, जबसे नवाबी गयी, इन काफिरों की मस्ती बढ़ गयी है।"

कुबरा मौलवी! बाप रे! तमोली अपनी दुकान सम्भालने लगा। पास ही एक दुकान पर बैठकर ऊँघता हुआ बजाज चौंककर सिर में चोट खा गया। इसी मौलवी ने तो महाराज चेतसिंह से साढ़े तीन सेर चींटी के सिर का तेल माँगा था। मौलवी अलाउद्दीन कुबरा! बाजार में हलचल मच गयी। नन्हकूसिंह ने मन्नू से कहा–"क्यों, चुपचाप बैठोगे नहीं।" दुलारी से कहा–"वहीं से बाईजी! इधर-उधर हिलने का काम नहीं। तुम गाओ। हमने ऐसे घसियारे बहुत-से देखे हैं। अभी कल रात रमल के पासे फेंककर अधेला-अधेला माँगता था, आज चला है रोब गाँठने।"

अब कुबरा ने घूमकर उसकी ओर देखकर कहा–"कौन है यह पाजी!"

"तुम्हारे चाचा बाबू नन्हकूसिंह।" के साथ ही पूरा बनारसी झापड़ पड़ा। कुबरा का सिर घूम गया। लैस के परतले वाले सिपाही दूसरी ओर भाग चले और मौलवी साहब चौंधियाकर जानअली की दुकान पर लड़खड़ाते, गिरते-पड़ते किसी तरह पहुँच गये।

जानअली ने मौलवी से कहा–"मौलवी साहब! भला आप भी उस गुण्डे के मुँह लगने गये। यह तो कहिए कि उसने गँड़ासा नहीं *तौल*[1] दिया।" कुबरा के मुँह से बोली नहीं निकल रही थी। उधर दुलारी गा रही थी "विलमि विदेश रहे..." गाना पूरा हुआ, कोई आया-गया नहीं। तब नन्हकूसिंह धीरे-धीरे टहलता हुआ, दूसरी ओर चला गया। थोड़ी में एक डोली रेशमी परदे से ढकी हुई आयी। साथ में चोबदार था। उसने दुलारी को राजमाता पन्ना की आज्ञा सुनायी।

दुलारी चुपचाप डोली पर बैठी। डोली धूल और सन्ध्याकाल के धुएँ से भरी हुई बनारस की तंग गलियों से होकर शिवालय घाट की ओर चली।

(2)

श्रावण का अन्तिम सोमवार था। राजमाता पन्ना शिवालय में बैठकर पूजन कर रही थीं। दुलारी बाहर बैठी कुछ अन्य गानेवालियों के साथ भजन गा रही थी। चरणों में प्रणाम किया। फिर प्रसाद देकर बाहर आते ही उन्होंने दुलारी को देखा। उसने खड़ी होकर हाथ जोड़ते हुए कहा–"मैं पहले ही पहुँच जाती। क्या करूँ, वह कुबरा मौलवी निगोड़ा आकर रेजिडेण्ट की कोठी पर ले जाने लगा। घण्टों इसी झंझट में बीत गये, सरकार!"

"कुबरा मौलवी! जहाँ सुनती हूँ, उसी का नाम। सुना है कि उसने यहाँ भी आकर कुछ...।" फिर न जाने क्या सोचकर बात बदलते हुए पन्ना ने कहा–"हाँ, तब फिर क्या हुआ? तुम यहाँ कैसे आ सकीं?"

"बाबू नन्हकूसिंह उधर से आ गये।" मैंने कहा–"सरकार की पूजा पर मुझे भजन गाने को जाना है और यह जाने नहीं दे रहा है। उन्होंने मौलवी को ऐसा लगाया कि उसकी *हेकड़ी*[2] भूल गयी और तब जाकर मुझे किसी तरह यहाँ आने की छुट्टी मिली।"

"कौन बाबू नन्हकूसिंह!"

दुलारी ने सिर नीचा करके कहा–"अरे, क्या सरकार को नहीं मालूम? बाबू निरंजनसिंह के लड़के। उस दिन, जब मैं बहुत छोटी थी, आपकी बारी में झूला झूल रही थी, जब नवाब का हाथी बिगड़कर आ गया था, बाबू निरंजनसिंह के कुँवर ने ही तो उस दिन हम लोगों की रक्षा की थी।"

राजमाता का मुख उस प्राचीन घटना को स्मरण करके न जाने क्यों *विवर्ण*[3] हो गया। फिर अपने को सम्भालकर उन्होंने कहा–"तो बाबू नन्हकूसिंह उधर कैसे आ गये?"

दुलारी ने मुसकराकर सिर नीचा कर लिया। दुलारी राजमाता पन्ना के पिता की जमींदारी में रहने वाली वेश्या की लड़की थी। उसके साथ ही कितनी बार

---

1. मार दिया। 2. अकड़, घमण्ड। 3. कान्तिहीन, पीला।

झूले-हिण्डोले अपने बचपन में पन्ना झूल चुकी थी। वह बचपन से ही गाने में सुरीली थी। सुन्दरी थी। सुन्दरी होने पर चंचल भी थी। पन्ना जब काशीराज की माता थी, तब दुलारी काशी की प्रसिद्ध गाने वाली थी। राजमहल में उसका गाना-बजाना हुआ ही करता। महाराज बलवन्तसिंह के समय से ही संगीत पन्ना के जीवन का आवश्यक अंश था। हाँ, अब प्रेम-दुःख और दर्द-भरी विरह-कल्पना के गीत की ओर अधिक रुचि न थी। अब सात्विक भावपूर्ण भजन होता था। राजमाता पन्ना का वैधव्य से दीप्त शान्त मुखमण्डल कुछ मलिन हो गया था।

बड़ी रानी सा *सापत्न्य*[1] ज्वाला बलवन्तसिंह के मर जाने पर भी नहीं बुझी। अन्तःपुर कलह का रंगमंच बना रहता, इसी से प्रायः पन्ना काशी के राजमन्दिर में आकर पूजा-पाठ में अपना मन लगाती। रामनगर में उनको चैन नहीं मिलता। नयी रानी होने के कारण बलवन्तसिंह के प्रेयसी होने का गौरव तो उसे था ही, साथ में पुत्र उत्पन्न करने का सौभाग्य भी मिला, फिर भी *असवर्णता*[2] का सामाजिक दोष उसके हृदय को व्यथित करता। उसे अपने ब्याह की आरम्भिक चर्चा का स्मरण हो आया।

छोटे-से मंच पर बैठी, गंगा की उमड़ती हुई धारा को पन्ना अन्यमनस्क होकर देखने लगी। उस बात को, जो अतीत में एक बार, हाथ से अनजाने में खिसक जाने वाली वस्तु की तरह गुप्त हो गयी हो, सोचने का कोई कारण नहीं। उससे कुछ बनता-बिगड़ता भी नहीं, परन्तु मानव-स्वभाव हिसाब रखने की प्रथानुसार कभी-कभी कह बैठता है कि यदि वह बात हो गयी होती तो? ठीक उसी तरह पन्ना भी राजा बलवन्तसिंह द्वारा बलपूर्वक रानी बनाये जाने के पहले की एक सम्भावना को सोचने लगी थी। सो भी बाबू नन्हकूसिंह का नाम सुन लेने पर। गेंदा मुँहलगी दासी थी। वह पन्ना के साथ उसी दिन से है, जिस दिन से पन्ना बलवन्तसिंह की प्रेयसी हुई। राज्य-भर का *अनुसन्धान*[3] उसी के द्वारा मिला करता और उसे न जाने कितनी जानकारी भी थी। उसने दुलारी का रंग उखाड़ने के लिए कुछ कहना आवश्यक समझा।

"महारानी! नन्हकूसिंह अपनी सब जमींदारी स्वांग, भैंसों की लड़ाई, घुडदौड़ और गाने-बजाने में उड़ाकर अब डाकू हो गया है। जितने खून होते हैं, सबमें उसी का हाथ रहता है। जितनी...।" उसे रोककर दुलारी ने कहा-"यह झूठ है। बाबू साहब के जैसा धर्मात्मा तो कोई है ही नहीं। कितनी विधवाएँ उनकी दी हुई धोती से अपना तन ढकती हैं। कितनी लड़कियों की ब्याह-शादी होती है। कितने सताये हुए लोगों की उनके द्वारा रक्षा होती है।"

रानी पन्ना के हृदय में एक तरलता उद्वेलित हुई। उन्होंने हँसकर कहा-"दुलारी!

---

1. सौतेलापन। 2. निम्न कुलीन जातियता। 3. खोजपूर्ण समाचार।

वे तेरे यहाँ आते हैं न? इसी से तू उनकी बड़ाई...।"

"नहीं सरकार! शपथ खाकर कह सकती हूँ कि बाबू नन्हकूसिंह ने आज तक कभी मेरे कोठे पर पैर नहीं रखा।"

राजमाता न जाने क्यों इस अद्भुत व्यक्ति को समझने के लिए चंचल हो उठी थीं। तब उन्होंने दुलारी को आगे कुछ न कहने के लिए तीखी दृष्टि से देखा। वह चुप हो गयी। पहले पहर की शहनाई बजने लगी। दुलारी छुट्टी माँगकर डोली पर बैठ गयी। तब गेंदा ने कहा-"सरकार! आजकल नगर की दशा बड़ी बुरी है। दिनदहाड़े लोग लूट लिये जाते हैं। सैकड़ों जगह नाल पर जुए में लोग अपना सर्वस्व गँवाते हैं। बच्चे फुसलाये जाते हैं। गलियों में लाठियाँ और छुरा चलने के लिए टेढ़ी भौंहें कारण बन जाती हैं। उधर रेजिडेण्ट साहब से महाराज की अनबन चल रही है।" राजमाता चुप रहीं।

दूसर दिन राजा चेतसिंह के पास रेजिडेण्ट मार्कहेम की चिट्ठी आयी, जिसमें नगर की दुर्व्यवस्था की कड़ी आलोचना थी। डाकुओं और गुण्डों को पकड़ने के लिए उन पर कड़ा नियन्त्रण रखने की सम्मति भी थी। कुबरा मौलवी वाली घटना का भी उल्लेख था। उधर हेस्टिंगज के आने की भी सूचना थी। शिवालयघाट और रामनगर में हलचल मच गयी। कोतवाल हिम्मतसिंह पागल की तरह, जिसके हाथ में लाठी, लोहाँगी, गँड़ास, बिछुआ और करौली देखते, उसी को पकड़ने लगे।

एक दिन नन्हकूसिंह सुम्भा के नाले के संगम पर ऊँचे-से टीले की घनी हरियाली में अपने चुने हुए साथियों के साथ *दूधिया*[1] छान रहे थे। गंगा में उनकी पतली डोंगी बड़ की *जटा*[2] से बँधी थी। कथकों का गाना हो रहा था। चार *उलाँकी*[3] इक्के कसे-कसाये खड़े थे।

नन्हकूसिंह ने अकस्मात् कहा-"मलूकी! गाना जमता नहीं है। उलाँकी पर बैठकर जाओ, दुलारी को बुला लाओ।" मलूकी वहाँ से मंजीरा बजा रहा था। दौड़कर इक्के पर जा बैठा। आज नन्हकूसिंह का मन उखड़ा हुआ था। बूटी कई बार छानने पर भी नशा नहीं। एक घण्टे में दुलारी सामने आ गयी। उसने मुसकराकर कहा-"क्या हुक्म है बाबू साहब?"

"दुलारी! आज गाना सुनने का मन कर रहा है।"

"इस जंगल में क्यों?" उसने सशंक हँसकर कुछ अभिप्राय से पूछा।

"तुम किसी तरह का खटका न करो।" नन्हकूसिंह ने हँसकर कहा।

"यह तो मैं उस दिन महारानी से भी कह आयी हूँ"

---

1. दूध में बनी भाँग। 2. जड़। 3. एक घोड़े का ताँगा।

"क्या, किससे?"

"राजमाता पन्नादेवी से।" फिर उस दिन गाना नहीं जमा। दुलारी ने आश्चर्य से देखा कि तानों में नन्हकूसिंह की आँखें तर हो जाती हैं। गाना-बजाना समाप्त हो गया। वर्षा की रात में *झिल्लियों*[1] का स्वर उस झुरमुट में गूँज रहा था। मन्दिर के समीप ही छोटे-से कमरे में नन्हकूसिंह चिन्ता में निमग्न बैठा था। आँखों में नींद नहीं, और सब लोग तो सोने लगे थे, दुलारी जाग रही थी। वह भी कुछ सोच रही थी। आज उसे अपने को रोकने के लिए कठिन प्रयत्न करना पड़ रहा था, किन्तु असफल होकर वह उठी और नन्हकूसिंह के समीप धीरे-धीरे चली आयी। कुछ आहट पाते ही चौंककर नन्हकूसिंह ने पास ही पड़ी हुई तलवार उठा ली। तब तक हँसकर दुलारी ने कहा-"बाबू साहब! यह क्या? स्त्रियों पर तलवार चलायी जाती है।"

छोटे-से दीपक के प्रकाश में वासना-भरी रमणी का मुख देखकर नन्हकूसिंह हँस पड़ा। उसने कहा-"क्यों बाईजी! क्या इसी समय जाने की पड़ी है। मौलवी ने फिर बुलाया है क्या?" दुलारी नन्हकूसिंह के पास बैठ गयी। नन्हकूसिंह ने कहा-"क्या तुमको डर लग रहा है?"

"नहीं, मैं कुछ कहने आयी हूँ।"

"क्या?"

"क्या,...यही कि...कभी आपके हृदय में...।"

"उसे न पूछो दुलारी। हृदय को बेकार ही समझकर तो उसे हाथ में लिये फिर रहा हूँ। कोई कुछ कर देता-कुचलता-चीरता-उछालता। मर जाने के लिए सब कुछ तो करता हूँ, पर मरने नहीं पाता।"

"मरने के लिए भी कहीं खोजने जाना पड़ता है। आपको काशी का हाल क्या मालूम! न जाने घड़ी भर में क्या हो जाये। उलट-पलट होने वाला है क्या, बनारस की गलियाँ जैसे काटने दौड़ती हैं।"

"कोई नयी बात इधर हुई है क्या?"

"कोई हेस्टिंग्ज आया है। सुना है, उसने शिवालयघाट पर *तिलंगों*[2] की कम्पनी का पहरा बैठा दिया है। राजा चेतसिंह और राजमाता पन्ना वहीं हैं। कोई-कोई कहता है कि उनको पकड़कर कलकत्ता भेजने...।"

"क्या पन्ना भी...रनिवास भी वहीं है।" नन्हकूसिंह अधीर हो उठा था।

"क्यों बाबू साहब, आज रानी पन्ना का नाम सुनकर आपकी आँखों में आँसू क्यों आ गये?"

---

1. झींगुरों। 2. अँग्रेजों।

सहसा नन्हकूसिंह का मुख भयानक हो उठा। उसने कहा–"चुप रहो, तुम उसको जानकर क्या करोगी?" वह उठ खड़ा हुआ। उद्विग्न[1] की तरह न जाने क्या खोजने लगा, फिर स्थिर होकर उसने कहा–"दुलारी! जीवन में आज यह पहला दिन है कि एकान्त रात में एक स्त्री मेरे पलंग पर आकर बैठ गयी है। मैं चिरकुमार अपनी एक प्रतिज्ञा का निर्वाह करने के लिए सैकड़ों असत्य, अपराध करता फिर[2] रहा हूँ। क्यों, तुम जानती हो? मैं स्त्रियों का घोर विद्रोही हूँ और पन्ना!...किन्तु उसका क्या अपराध! अत्याचारी बलवन्तसिंह के कलेजे में बिछुआ मैं न उतार सका। किन्तु पन्ना! उसे पकड़कर गोरे कलकत्ता भेज देंगे। वही...।"

नन्हकूसिंह उन्मत्त हो उठा। दुलारी ने देखा, नन्हकूसिंह अन्धेरे में ही वट-वृक्ष के नीचे पहुँचा और गंगा की उमड़ती हुई धारा में डोंगी खोल दी, उसी घने अन्धकार में। दुलारी का हृदय काँप उठा।

(3)

16 अगस्त सन् 1881 को काशी डाँवाडोल हो रही थी। शिवालयघाट में राजा चेतसिंह लेफ्टिनेण्ट इस्टाकर के पहरे में थे। नगर में आतंक था। दुकानें बन्द थीं। घरों में बच्चे अपनी माँ से पूछते थे–"माँ! आज हलुए वाला नहीं आया।" वह कहती–"चुप बेटे!" सड़कें सूनी पड़ी थीं। तिलंगों की कम्पनी के आगे-आगे कुबरा मौलवी कभी-कभी, आता-जाता दिखायी पड़ता था। उस समय खुली हुई खिड़कियाँ बन्द हो जाती थीं। भय और सन्नाटे का राज्य था। चौक में चिथरूसिंह की हवेली अपने भीतर काशी की वीरता को बन्द किये कोतवाल का अभिनय कर रही थी। इस समय किसी ने पुकारा–"हिम्मतसिंह!"

खिड़की से सिर निकालकर हिम्मतसिंह ने पूछा–"कौन?"

"बाबू नन्हकूसिंह।"

"अच्छा, तुम अब तक बाहर ही हो?"

"पागल! राजा कैद हो गये हैं। छोड़ दो इन सब बहादुरों को। हम एक बार इनको लेकर शिवालयघाट पर जायें।"

"ठहरो।" कहकर हिम्मतसिंह ने कुछ आज्ञा दी, सिपाही बाहर निकले। नन्हकूसिंह की तलवार चमक उठी। सिपाही भीतर भागे। नन्हकूसिंह ने कहा–"नमकहरामों! चूड़ियाँ पहन लो।" लोगों के देखते-देखते नन्हकूसिंह चला गया। कोतवाली के सामने फिर सन्नाटा हो गया।

नन्हकूसिंह उन्मत्त था उसके थोड़े-से साथी उसकी आज्ञा पर जान देने के

---

1. बेचैन। 2. घूमना।

125

लिए तुले थे। वह नहीं जानता था कि राजा चेतसिंह का क्या राजनैतिक अपराध है? उसने कुछ सोचकर अपने थोड़े-से साथियों को फाटक पर गड़बड़ मचाने के लिए भेज दिया। इधर अपनी डोंगी लेकर शिवालय की खिड़की के नीचे धारा काटता हुआ पहुँचा। किसी तरह निकले हुए पत्थर से रस्सी लटकाकर, उस चंचल डोंगी[1] को उसने स्थिर किया और बन्दर की तरह उछलकर खिड़की के भीतर हो रहा। उस समय वहाँ राजमाता पन्ना और राजा चेतसिंह से बाबू मनिहार सिंह कह रहे थे–"आपके यहाँ रहने से, हम लोग क्या करें, यह समझ में नहीं आता। पूजा-पाठ समाप्त करके आप रामनगर चली गयी होतीं, तो यह...।"

तेजस्विनी पन्ना ने कहा–"अब मैं रामनगर कैसे चली जाऊँ?"

मनिहार सिंह दुखी होकर बोले–"कैसे बताऊँ? मेरे सिपाही तो बन्दी हैं।"

इतने में फाटक पर कोलाहल[2] मचा। राज-परिवार अपनी मन्त्रणा में डूबा था कि नन्हकूसिंह का आना उन्हें मालूम हुआ। सामने का द्वार बन्द था। नन्हकूसिंह ने एक बार गंगा की धारा को देखा, उसमें एक नाव घाट पर लगने के लिए लहरो से लड़ रही थी। वह प्रसन्न हो उठा। इसी की प्रतीक्षा में वह रुका था। उसने जैसे सबको सचेत करते हुए कहा–"महारानी कहाँ हैं?"

सबने घूमकर देखा–एक अपरिचित वीर-मूर्ति! शस्त्रों से लदा हुआ पूरा देव।

चेतसिंह ने पूछा–"तुम कौन हो?"

"राज-परिवार का एक बिना दाम का सेवक।"

पन्ना के मुँह से हलकी-सी एक साँस निकलकर रह गयी। उसने पहचान लिया। इतने वर्षों के बाद वही नन्हकूसिंह।

मनियारसिंह ने पूछा–"तुम क्या कर सकते हो?"

"मैं मर सकता हूँ। पहले महारानी को डोंगी पर बिठाइए। नीचे दूसरी डोंगी पर अच्छे मल्लाह हैं। फिर बात कीजिए।" मनियारसिंह ने देखा, जनानी ड्योढ़ी का दरोगा राज की एक डोंगी पर चार मल्लाहों के साथ खिड़की से नाव सटाकर प्रतीक्षा में है। उन्होंने पन्ना से कहा–"चलिए, मैं साथ चलता हूँ।"

"और...।" चेतसिंह को देखकर, पुत्रवत्सला ने संकेत से एक प्रश्न किया, उसका उत्तर किसी के पास न था। मनियारसिंह ने कहा–"तब मैं यहीं? नन्हकूसिंह ने हँसकर कहा–"मेरे मालिक, आप नाव पर बैठें। जब तक राजा भी नाव पर न

---

1. छोटी नौका। 2. शोर-शराबा।

126

बैठ जायेंगे, तब तक सत्रह गोली खाकर भी नन्हकूसिंह जीवित रहने की प्रतिज्ञा करता है।"

पन्ना ने नन्हकूसिंह को देखा। एक क्षण के लिए चारों आँखें मिलीं, जिनमें जन्म-जन्म का विश्वास ज्योति की तरह जल रहा था। फाटक बलपूर्वक खोला जा रहा था। नन्हकूसिंह ने उन्मत्त होकर कहा—"मालिक! जल्दी कीजिए।"

दूसरे क्षण पन्ना डोंगी पर थी और नन्हकूसिंह फाटक पर इस्टाकर के साथ। चेतराम ने आकर एक चिट्ठी मनियारसिंह के हाथ में दी। लेफ्टिनेण्ट ने कहा—"आपके आदमी गड़बड़ मचा रहे हैं। अब मैं अपने सिपाहियों को गोली चलाने से नहीं रोक सकता।"

"मेरे सिपाही यहाँ कहाँ हैं, साहब?" मनियारसिंह ने हँसकर कहा। बाहर कोलाहल बढ़ने लगा।

चेतराम ने कहा—"पहले चेतसिंह को कैद कीजिए।"

"कौन ऐसी हिम्मत करता है?" कड़ककर कहते हुए बाबू मनियारसिंह ने तलवार खींच ली। अभी बात पूरी न हो सकी थी कि कुबरा मौलवी वहाँ पहुँचा। यहाँ मौलवी साहब की कलम नहीं चल सकती थी, और न ये बाहर ही जा सकते थे। उन्होंने कहा—"देखते क्या हो चेतराम!"

चेतराम ने राजा के ऊपर हाथ रखा ही था कि नन्हकूसिंह के सधे हुए हाथ न उसकी भुजा उड़ा दी। इस्टाकर आगे बढ़े, मौलवी साहब चिल्लाने लगे। नन्हकूसिंह ने देखते-देखते इस्टाकर और उसके कई साथियों को धराशायी किया। फिर मौलवी साहब कैसे बचते।

नन्हकूसिंह ने कहा—क्यों, उस दिन के झापड़ ने तुमको समझाया नहीं? पाजी!" कहकर ऐसा साफ जनेवा¹ मारा कि कुबरा ढेर हो गया। कुछ ही क्षणों में यह भीषण घटना हो गयी, जिसके लिए अभी कोई प्रस्तुत न था।

नन्हकूसिंह ने ललकारकर चेतसिंह से कहा—"आप क्या देखते हैं, उतरिए डोंगी पर।" उसके घावों से रक्त के फुहारे छूट रहे थे। इधर फाटक से तिलंगे भीतर आने लगे थे। चेतसिंह ने खिड़की से उतरते हुए देखा कि बीसों तिलंगों की संगीनों में वह अविचल खड़ा होकर तलवार चला रहा था। नन्हकूसिंह के चट्टान-सदृश शरीर से गैरिक² की तरह रक्त की धारा बह रही थी। गुण्डे का एक-एक अंग कटकर वहीं गिरने लगा। वह काशी का गुण्डा था।

---

1. तिरछा प्रहार। 2. गेरू के रंग।

शिक्षा

एकतरफा प्रेम सफल नहीं होता, दोनों ओर लगन होनी चाहिए।

सन्देश

➤ प्रेम में कुरबान होना ही सच्चा प्रेम है।

➤ प्रेम और बलिदान एक-दूसरे के पूरक हैं।

प्रेमचन्द

जन्म: 31 जुलाई 1880
मृत्यु: 8 अक्टूबर 1936

प्रेमचन्द का जन्म 31 जुलाई 1880 को बनारस (अब वाराणसी) से लगभग छ: मील दूर स्थित गाँव लमही में हुआ। उनके पिता का नाम अजायब राय और माता का नाम आनन्दी देवी था।

प्रेमचन्द का परिवार मूलत: कृषक था, किन्तु उन दिनों कृषि कार्य लाभदायक नहीं रह गया था, इसलिए प्रेमचन्द के पिता ने डाकखाने में काम करना शुरू कर दिया। प्रेमचन्द का वास्तविक नाम धनपत राय था, किन्तु परिवार के लोग उन्हें नवाब कहते थे। जब वे पाँच वर्ष की अवस्था में थे, तभी उनकी माता का देहान्त हो गया था। उसके बाद उन्हें पास के ही गाँव के एक मदरसे (मुस्लिम स्कूल) में प्रवेश करा दिया गया।

उस समय शिक्षा में फ़ारसी और उर्दू की विशेष अहमियत होती थी। प्रेमचन्द के लिए मदरसे की यह जिन्दगी बहुत दिलचस्प प्रमाणित हुई। वे प्राय: मदरसे

से गायब हो जाते थे और अनुपस्थित रहने का कोई न कोई बहाना बना देते थे। उनके पिताजी का तबादला विभिन्न स्थानों पर होता रहता था, जिसके कारण प्रेमचन्द को बचपन में ही जीवन का पर्याप्त अनुभव हो गया था।

माँ की मृत्यु के बाद चौदह वर्ष की अवस्था में प्रेमचन्द का विवाह हो गया। पत्नी से पटी नहीं, वह प्रेमचन्द को छोड़कर चली गयी। बाद में प्रेमचन्द ने एक बालविधवा शिवरानी देवी से विवाह कर लिया। प्रेमचन्द को उर्दू रचनाएँ पढ़ने का शौक था। स्वयं प्रेमचन्द को आरम्भ में हिन्दी नहीं आती थी। उनकी पहली रचना कहानी के रूप में उर्दू में ही 'अनमोल रतन' नाम से छपी और चर्चित हुई सन् 1902में उनका पहला उपन्यास हिन्दी में 'वरदान' प्रकाशित हुआ। 1906 से 1908 ई. के बीच देशप्रेम से ओत-प्रोत अनेक कहानियाँ पुस्तकाकार में 'सोजे वतन' शीर्षक से प्रकाशित हुईं। यह पुस्तक उनके घरेलू नाम 'नवाब राय' के नाम से छपी, जिसे अँग्रेजों ने जप्त कर लिया।

प्रेमचन्द ने अनेक पत्र-पत्रिकाओं का सम्पादन भी किया, जिनमें हिन्दी मासिक-मर्यादा, माधुरी, हंस, जागरण आदि हैं। प्रेमचन्द आधुनिक कथा साहित्य में नवयुग के प्रवर्तक थे। कुछ लोग उन्हें भारत का 'गोर्की' और कुछ लोग उन्हें 'हार्डी' के रूप में देखते थे। उन्होंने अपनी रचनाओं में अधिकांशतः ग्रामीण वातावरण का चित्रण किया।

हिन्दी साहित्य में लोकप्रियता की दृष्टि से तुलसीदास के बाद मुंशी प्रेमचन्द का विशिष्ट स्थान है। यह एक विडम्बना है कि ऐसे प्रतिष्ठित रचनाकार का सम्पूर्ण जीवन प्रायः गरीबी से संघर्ष करते हुए बीता। 16 जून को उन्होंने खून की उल्टी की। उसी समय यह स्पष्ट हो गया कि उनकी जीवनलीला समाप्त होने वाली है। 8 अक्टूबर 1936 को उन्होंने अपने जीवन की अन्तिम साँस ली। वे उसे समय 56 वर्ष के थे।

रचनाएँ: प्रेमचन्द वैसे तो उपन्यास सम्राट के नाम से विख्यात हैं, किन्तु कहानियों के क्षेत्र में भी कम प्रसिद्ध नहीं हैं। उनके द्वारा लिखित उपन्यासों और कहानियों का विवरण निम्नलिखित है।

उपन्यासः वरदान, प्रतिज्ञा, सेवासदन, प्रेमाश्रम, रंगभूमि, कायाकल्प, गबन, कर्मभूमि, निर्मला, गोदान और हठी हम्मीर।

कहानियाँः प्रेमचन्द की समस्त कहानियों का एक मात्र संग्रह 'मानसरोवर' नाम से आठ भागों में उन्हीं के समय से प्रकाशित है, जिनमें प्रेमचन्द की सभी कहानियाँ संग्रहीत हैं। इन कहानियों में ईदगाह, शतरंज के खिलाड़ी, कफ़न, दो बैलों की कथा, बूढ़ी काकी, सुजान भगत, पंच परमेश्वर आदि सर्वविख्यात हैं।

अन्य रचनाएँ: उपन्यास और कहानी के अतिरिक्त प्रेमचन्द ने नाटक, निबन्ध, जीवनी आदि विधाओं में भी अपनी कलम चलायी। इसीलिए उन्हें हिन्दी जगत में 'कलम का सिपाही' भी कहा गया।

11

नादान दोस्त

प्रेमचन्द हिन्दी के उन महान कथाकारों में से थे, जिन्होंने बड़ों के लिए कथा-संसार की रचना के साथ-साथ विशेष रूप से बच्चों के लिए भी लिखा। बच्चों के लिए जो कहानियाँ उन्होंने लिखीं वे प्रेमचन्द के बचपन की स्मृतियों को प्रबिम्बित करती हैं। स्वयं प्रेमचन्द बचपन में बहुत शरारती थे, और जहाँ-जहाँ उन्होंने बच्चों की पृष्ठभूमि पर कहानी लिखी, उसमें प्रेमचन्द के निजी जीवन की झलक प्रदर्शित हुई।

(1)

केशव के घर में *कार्निस*[1] के ऊपर एक चिड़िया ने अण्डे दिये थे। केशव और उसकी बहन श्यामा दोनों बड़े ध्यान से चिड़िया को वहाँ आते-जाते देखा करते। सवेरे दोनों आँखें मलते कार्निस के सामने पहुँच जाते और चिड़ा या चिड़िया दोनों को वहाँ बैठा पाते। उनको देखने में दोनों बच्चों को न मालूम क्या मज़ा मिलता, दूध और जलेबी की सुध भी न रहती थी। दोनों के दिल में तरह-तरह के सवाल उठते। अण्डे कितने बड़े होंगे? किस रंग के होंगे? कितने होंगे? क्या खाते होंगे? उनमें से बच्चे किस तरह निकल आयेंगे? बच्चों के *पर*[2] कैसे निकलेंगे? घोंसला कैसा है? लेकिन इन बातों का जवाब देने वाला कोई नहीं। न अम्माँ को घर के काम-धन्धों से फुरसत थी न बाबूजी को पढ़ने-लिखने से। दोनों बच्चे आपस में ही सवाल-जवाब करके अपने दिल को तसल्ली दे लिया करते थे।

श्यामा कहती-क्यों भइया! बच्चे निकलकर फुर्र से उड़ जायेंगे?

केशव विद्वानों जैसे गर्व से कहता-नहीं री पगली, पहले पर निकलेंगे। बगैर परों के बेचारे कैसे उड़ेंगे?

श्यामा-बच्चों को क्या खिलायेगी बेचारी?

केशव इस पेचीदा सवाल का जवाब कुछ न दे सकता था।

इस तरह तीन-चार दिन गुज़र गये। दोनों बच्चों की जिज्ञासा दिन-दिन बढ़ती जाती थी। अण्डों को देखने के लिए वे अधीर हो उठते थे। उन्होंने अनुमान लगाया कि अब ज़रूर बच्चे निकल आये होंगे। बच्चों के चारे का सवाल अब उनके

1. दीवार में पट्टी नुमा आलमारी। 2. पंख।

सामने आ खड़ा हुआ। चिड़िया बेचारी इतना दाना कहाँ पायेगी कि सारे बच्चों का पेट भरे। गरीब बच्चे भूख के मारे चूँ-चूँ करके मर जायेंगे।

इस मुसीबत का अन्दाजा करके दोनों घबरा उठे। दोनों ने फैसला किया कि कार्निस पर थोड़ा-सा दाना रख दिया जाये। श्यामा खुश होकर बोली-तब तो चिड़िया को चारे के लिए कहीं उड़कर नहीं जाना पड़ेगा न?

केशव-नहीं, तब क्यों जायेगी?

श्यामा-क्यों भइया, बच्चों को धूप न लगती होगी?

केशव का ध्यान इस तकलीफ़ की तरफ़ न गया था। बोला-ज़रूर तकलीफ़ हो रही होगी। बेचारे प्यास के मारे तड़पते होंगे। ऊपर छाया भी तो कोई नहीं।

आख़िर यही फ़ैसला हुआ कि घोंसले के ऊपर कपड़े की छत बना देनी चाहिए। पानी की प्याली और थोड़े से चावल रख देने का प्रस्ताव भी स्वीकृत हो गया।

दोनों बच्चे बड़े चाव से काम करने लगे। श्यामा माँ की आँख बचाकर मटके से चावल निकाल लायी। केशव ने पत्थर की प्याली का तेल चुपके से ज़मीन पर गिरा दिया और उसे खूब साफ़ करके उसमें पानी भरा।

अब चाँदनी के लिए कपड़ा कहाँ से आये? फिर ऊपर बगैर छड़ियों के कपड़ा ठहरेगा कैसे और छड़ियाँ खड़ी होंगी कैसे?

केशव बड़ी देर तक इसी उधेड़बुन[1] में रहा। आख़िरकार उसने यह मुश्किल भी हल कर दी। श्यामा से बोला-जाकर कूड़ा फेंकनेवाली टोकरी उठा लाओ। अम्माँजी को मत दिखाना।

श्यामा-वह तो बीच से फटी हुई है। उसमें से धूप न जायेगी?

केशव ने झुँझलाकर कहा-तू टोकरी तो ला, मैं उसका सूराख बन्द करने की कोई *हिक़मत*[2] निकालूँगा।

श्यामा दौड़कर टोकरी उठा लायी। केशव ने उसके सूराख में थोड़ा-सा कागज ठूँस दिया और तब टोकरी को एक टहनी से टिकाकर बोला-देख, ऐसे ही घोंसले पर उसकी आड़ कर दूँगा। तब कैसे धूप जायेगी?

श्यामा ने दिल में सोचा, भइया कितने चालाक हैं!

(2)

गरमी के दिन थे। बाबूजी दफ़्तर गये हुए थे। अम्माँ दोनों बच्चों को कमरे में सुलाकर खुद सो गयी थीं। लेकिन बच्चों की आँखों में आज नींद कहाँ? अम्माँजी को बहलाने के लिए दोनों दम रोके आँखें बन्द किये मौक़े का इन्तज़ार कर रहे

---

1. सोच-विचार। 2. उपाय।

थे। ज्योंही मालूम हुआ कि अम्माँजी अच्छी तरह से सो गयीं, दोनों चुपके से उठे और बहुत धीरे-से दरवाजे की सिटकनी खोलकर बाहर निकल आये। अण्डों की *हिफ़ाजत*[1] की तैयारियाँ होने लगीं। केशव कमरे से एक स्टूल उठा लाया, लेकिन जब उससे काम न चला, तो नहाने की चौकी लाकर स्टूल के नीचे रखी और डरते-डरते स्टूल पर चढ़ा।

श्यामा दोनों हाथों से स्टूल पकड़े हुए थी। स्टूल चारों टाँगें बराबर न होने के कारण जिस तरफ़ ज़्यादा दबाव पाता था, ज़रा-सा हिल जाता था। उस वक़्त केशव को कितनी तकलीफ़ उठानी पड़ती थी, यह उसी का दिल जानता था। दोनों हाथों से कार्निस पकड़ लेता और श्यामा को दबी आवाज से डाँटता, अच्छी तरह पकड़, वरना उतरकर बहुत मारूँगा। मगर बेचारी श्यामा का दिल तो ऊपर कार्निस पर था। बार-बार उसका ध्यान उधर चला जाता और हाथ ढीले पड़ जाते।

केशव ने ज्यों ही कार्निस पर हाथ रखा, दोनों चिड़ियाँ उड़ गयीं। केशव ने देखा, कार्निस पर थोड़े तिनके बिछे हुए हैं और उस पर तीन अण्डे पड़े हैं। जैसे घोंसले उसने पेड़ों पर देखे थे, वैसा कोई घोसला नहीं है। श्यामा ने नीचे से पूछा-कितने बच्चे हैं भइया?

श्यामा-तीन अण्डे हैं, अभी बच्चे नहीं निकले।

केशव-ज़रा हमें दिखा दो भइया, कितने बड़े हैं?

केशव-दिखा दूँगा, पहले ज़रा *चिथड़े*[2] ले आ, नीचे बिछा दूँ, बेचारे अण्डे तिनकों पर पड़े हैं।

श्यामा दौड़कर अपनी पुरानी धोती फाड़कर एक टुकड़ा लायी। केशव ने झुककर कपड़ा ले लिया, उसका कई तह करके उसने एक गद्दी बनायी और उसे तिनकों पर बिछाकर तीनों अण्डे धीरे से उस पर रख दिये।

श्यामा ने फिर कहा-हमको भी दिखा दो भइया!

केशव-दिखा दूँगा, पहले ज़रा वह टोकरी तो दे दो, ऊपर छाया कर दूँ।

श्यामा ने टोकरी नीचे से थमा दी और बोली-अब तुम उतर आओ, मैं भी तो देखूँ।

केशव ने टोकरी को एक टहनी से टिकाकर कहा-जा, दाना और पानी की प्याली ले आ, मैं उतर आऊँ तो तुझे दिखा दूँगा।

श्यामा प्याली और चावल भी लायी। केशव ने टोकरी के नीचे दोनों चीजें रख दीं और आहिस्ता से उतर आया।

श्यामा ने गिड़गिड़ाकर कहा-अब हमको भी चढ़ा दो भइया!

केशव-तू गिर पड़ेगी।

---

1. सुरक्षा। 2. पुराने कपड़ों के टुकड़े

श्यामा-न गिरूँगी भइया! तुम उसे पकड़े रहना।

केशव-कहीं तू गिर-गिरा पड़ी, तो अम्माँजी मेरी चटनी ही कर डालेंगी। कहेगी कि तूने ही चढ़ाया था। क्या करेगी देखकर? अब अण्डे बड़े आराम से हैं। जब बच्चे निकलेंगे, तो उनको पालेंगे।

दोनों चिड़ियाँ बार-बार कार्निस पर आती थीं और बगैर बैठे ही उड़ जाती थीं। केशव ने सोचा, हम लोगों के डर से नहीं बैठतीं। स्टूल उठाकर कमरे में रख आया, चौकी जहाँ की थी, वहाँ रख दी।

श्यामा ने आँखों में आँसू भरकर कहा-तुमने मुझे नहीं दिखाया, मैं अम्माँजी से कह दूँगी।

केशव-अम्माँजी से कहेगी तो बहुत मारूँगा, कहे देता हूँ।

श्यामा-तो तुमने मुझे दिखाया क्यों नहीं?

केशव-और गिर पड़ती तो चार सिर न हो जाते!

श्यामा-हो जाते, तो हो जाते। देख लेना मैं अम्मा से कह दूँगी!

इतने में कोठरी का दरवाज़ा खुला और माँ ने धूप से आँखों को बचाते हुए कहा-तुम दोनों बाहर कब निकल आये? मैंने कहा न था कि दोपहर को न निकलना? किसने किवाड़ खोला?

किवाड़ केशव ने खोला था, लेकिन श्यामा ने माँ से यह बात नहीं कही। उसे डर लगा कि भइया पिट जायेंगे। केशव दिल में काँप रहा था कि कहीं श्यामा कह न दे। अण्डे न दिखाये थे, इससे अब उसको श्यामा पर विश्वास न था, श्यामा सिर्फ मुहब्बत के मारे चुप थी या इस कसूर में हिस्सेदार होने की वजह से इसका फैसला नहीं किया जा सकता। शायद दोनों ही बातें थीं।

माँ ने दोनों को डाँट-डपटकर फिर कमरे में बन्द कर दिया और आप धीरे-धीरे उन्हें पंखा झलने लगी। अभी सिर्फ़ दो बजे थे। बाहर तेज लू चल रही थी। अब दोनों बच्चों को नींद आ गयी थी।

(3)

चार बजे यकाएक श्यामा की नींद खुली। किवाड़ खुले हुए थे। वह दौड़ी हुई कार्निस के पास आयी और ऊपर की तरफ ताकने लगी। टोकरी का पता न था। संयोग से उसकी नज़र नीचे गयी और वह उलटे पाँव दौड़ती हुई कमरे में जाकर जोर से बोली-भइया अण्डे तो नीचे पड़े हैं, बच्चे उड़ गये।

केशव घबराकर उठा और दौड़ा हुआ बाहर आया, तो देखता है कि तीनों अण्डे नीचे टूटे पड़े हैं और उनमें कोई चूने की-सी चीज़ बाहर निकल आयी है। पानी की प्याली भी एक तरफ़ टूटी पड़ी है।

उसके चेहरे का रंग उड़ गया। सहमी हुई आँखों से ज़मीन की तरफ देखने लगा।

श्यामा ने पूछा-बच्चे कहाँ उड़ गये भइया?

केशव ने करुण स्वर में कहा-अण्डे तो फूट गये।

और बच्चे कहाँ गये?

केशव-तेरे सर में। देखती नहीं है अण्डों में से उजला-उजला पानी निकल आया है। वही तो दो-चार दिनों में बच्चे बन जाते।

माँ ने सोटी हाथ में लिये हुए पूछा-तुम दोनों वहाँ धूप में क्या कर रहे हो?

श्यामा ने कहा-अम्माँजी, चिड़िया के अण्डे टूटे पड़े हैं।

माँ ने आकर टूटे हुए अण्डों को देखा और गुस्से से बोलीं-तुम लोगों ने अण्डों को छुआ होगा।

अब तो श्यामा को भइया पर ज़रा भी तरस न आया। उसी ने शायद अण्डों को इस तरह रख दिया कि वे नीचे गिर पड़ें। इसकी उसे सज़ा मिलनी चाहिए। बोली-इन्होंने अण्डों को छेड़ा था अम्माँजी।

माँ ने केशव से पूछा-क्यों रे?

केशव भीगी बिल्ली बना खड़ा रहा।

माँ-तू वहाँ पहुँचा कैसे?

श्यामा-चौके पर स्टूल रखकर चढ़े अम्माँजी।

केशव-तू स्टूल थामकर नहीं खड़ी थी?

श्यामा-तुम्हीं ने तो कहा था!

माँ-तू इतना बड़ा हुआ, तुझे अभी इतना भी नहीं मालूम कि छूने से चिड़ियों के अण्डे गन्दे हो जाते हैं। चिड़िया फिर उन्हें नहीं सेती।

श्यामा ने डरते-डरते पूछा-तो क्या चिड़िया ने अण्डे गिरा दिये हैं अम्माँजी?

माँ-और क्या करती। केशव के सिर इसका पाप पड़ेगा। हाय, हाय, तीन जानें ले लीं दुष्ट ने!

केशव रोनी सूरत बनाकर बोला-मैंने तो सिर्फ़ अण्डों को गद्दी पर रख दिया था अम्माँजी!

माँ को हँसी आ गयी। मगर केशव को कई दिनों तक अपनी गलती पर अफ़सोस होता रहा। अण्डों की हिफाजत करने के *जोम*[1] में उसने उनका सत्यानाश कर डाला। इसे याद करके वह कभी-कभी रो पड़ता था।

दोनों चिड़िया वहाँ फिर न दिखायी दीं।

---

1. उत्साह।

शिक्षा

बिना जानकारी और अनुभव के कोई कार्य मत करो।

सन्देश

➤ जीवन एक पाठशाला है। पहले सीखो, जानो तब उस पर अमल करो।

➤ बिना जाने-समझे काम करना अनर्थकारी होता है।

➤ प्रत्येक जीव की अपनी-अपनी जीवन-पद्धति होती है, उसमें दखलन्दाजी या छेड़-छाड़ उचित नहीं।

12

सुजान भगत

प्रेमचन्द ग्रामीण जीवन और उससे सम्बन्धित पात्रों के चरित्र-चित्रण में पारंगत थे। ग्रामीणों के रहन-सहन, खान-पान, रीति-रिवाज, सामाजिक सौहार्द, धार्मिक आस्थाओं का उन्होंने जिस कुशलता से चित्रण किया, वह हिन्दी साहित्य में बेजोड़ है। वे पात्रों में, उसके चरित्र में एक यथार्थ चरित्र उपस्थित करके जान फूँक देते थे। सुजान भगत ऐसी कहानियों में से एक है।

सीधे-सादे किसान धन हाथ आते ही धरम और कीर्ति की ओर झुकते हैं। दिव्य समाज की भाँति वे पहले अपने भोग-विलास की ओर नहीं दौड़ते। सुजान की खेती में कई साल से कंचन बरस रहा था। मेहनत तो गाँव के सभी किसान करते थे, पर सुजान के चन्द्रमा बली थे, ऊसर में भी दाना छींट आता, तो कुछ न कुछ पैदा हो जाता था। तीन वर्ष लगातार *ऊख*[1] लगती गयी। उधर गुड़ का भाव तेज था। कोई दो-ढाई हजार हाथ में आ गये। बस चित्त की वृत्ति धर्म की ओर झुक पड़ी। साधुसन्तों का आदर-सत्कार होने लगा, द्वार पर धूनी जलने लगी, कानूनगो इलाके में आते, तो सुजान महतो के चौपाल में ठहरते। हल्के के हेड काँस्टेबल, थानेदार, शिक्षा-विभाग के अफ़सर, एक न एक उस चौपाल में पड़ा ही रहता। महतो मारे खुशी के फूले न समाते। धन्य-भाग! उसके द्वार पर अब इतने बड़े-बड़े हाकिम आकर ठहरते हैं। जिन हाकिमों के सामने उसका मुँह न खुलता था, उन्हीं की अब 'महतो-महतो' करते ज़बान सूखती थी। कभी-कभी भजन-भाव हो जाता। एक महात्मा ने डौल अच्छा देखा तो गाँव में आसन जमा दिया। गाँजे और चरस की बहार उड़ने लगी। एक ढोलक आयी, मजीरे मँगाये गये, सत्संग होने लगा। यह सब सुजान के दम का जलूस था। घर में सेरों दूध होता, मगर सुजान के कण्ठ तले एक बूँद भी जाने की क़सम थी। कभी हाकिम लोग चखते, कभी महात्मा लोग। किसान को दूध-घी से क्या मतलब, उसे रोटी और साग चाहिए। सुजान की नम्रता का अब *वारापार*[2] न था। सबके सामने सिर झुकाये रहता, कहीं लोग यह न कहने लगें कि धन पाकर इसे घमण्ड हो गया

1. गन्ना। 2. नाप।

है। गाँव में कुल तीन कुएँ थे। बहुत से खेतों में पानी न पहुँचता था, खेती मारी जाती थी। सुजान ने एक पक्का कुआँ बनवा दिया। कुएँ का विवाह हुआ, यज्ञ हुआ, ब्रह्मभोज हुआ। जिस दिन पहली बार *पुर*[1] चला, सुजान को मानो चारों पदार्थ मिल गये। जो काम गाँव में किसी ने न किया था, वह बाप-दादा के पुण्य प्रताप से सुजान ने कर दिखाया।

एक दिन गाँव में गया के यात्री आकर ठहरे। सुजान ही के द्वार पर उनका भोजन बना। सुजान के मन में भी गया करने की बहुत दिनों से इच्छा थी। यह अच्छा अवसर देखकर वह भी चलने को तैयार हो गया।

उसकी स्त्री बुलाकी ने कहा-अभी रहने दो, अगले साल चलेंगे।

सुजान ने गम्भीर भाव से कहा-अगले साल क्या होगा, कौन जानता है। मन के काम में *मीन-मेख*[2] निकालना अच्छा नहीं। जिन्दगानी का क्या भरोसा?

बुलाकी-हाथ खाली हो जायेगा।

सुजान-भगवान की इच्छा होगी, तो फिर रुपये हो जायेंगे। उनके यहाँ किस बात की कमी है।

बुलाकी इसका क्या जवाब देती? सत्कार्य में बाधा डालकर अपनी मुक्ति क्यों बिगाड़ती? प्रातःकाल स्त्री और पुरुष गया करने चले। वहाँ से लौटे, तो यज्ञ और ब्रह्मभोज की ठहरी। सारी बिरादरी निमन्त्रित हुई, ग्यारह गाँवों में *सुपारी*[3] बँटी। इस धूम-धाम से कार्य हुआ कि चारों ओर वाह-वाह मच गयी। सब यही कहते थे कि भगवान् धन दे, तो दिल भी ऐसा दे। घमण्ड तो छू नहीं गया, अपने हाथ से पत्तल उठाता फिरता था, कुल का नाम जगा दिया। बेटा हो, तो ऐसा हो। बाप मरा, तो घर में भूनी-भाँग भी नहीं थी। अब लक्ष्मी घुटने तोड़कर आ बैठी हैं।

एक द्वेषी ने कहा-कहीं गड़ा हुआ धन पा गया है। इस पर चारों ओर से उस पर बौछारें पड़ने लगीं-हाँ, तुम्हारे बाप-दादा जो खजाना छोड़ गये थे, वही इसके हाथ लग गया है। अरे भैया! यह धरम की कमाई है। तुम भी तो छाती फाड़कर काम करते हो, क्यों ऐसी ऊख नहीं लगती? क्यों ऐसी फसल नहीं होती? भगवान् आदमी का दिल देखते हैं। जो खर्च करता है, उसी को देते हैं।

(2)

सुजान महतो 'सुजान भगत' हो गये। भगतों के आचार-विचार कुछ और होते हैं। वह बिना स्नान किये कुछ नहीं खाता। गंगा जी अगर घर से दूर हों और वह रोज स्नान करके दोपहर तक घर न लौट सकता हो, तो पर्वों के दिन तो उसे

---

1. रहट। 2. कमी। 3. निमन्त्रण।

अवश्य ही नहाना चाहिए। भजन-भाव उसके घर अवश्य होना चाहिए। पूजा-अर्चना उसके लिए अनिवार्य है। खान-पान में भी उसे बहुत विचार रखना पड़ता है। सबसे बड़ी बात यह है कि झूठ का त्याग करना पड़ता है। भगत झूठ नहीं बोल सकता। साधारण मनुष्य को अगर झूठ का दण्ड एक मिले, तो भगत को एक लाख से कम नहीं मिल सकता। अज्ञान की अवस्था में कितने ही अपराध क्षम्य हो जाते हैं। ज्ञानी के लिए क्षमा नहीं है, प्रायश्चित नहीं है। यदि है तो बहुत ही कठिन। सुजान को भी अब भगतों की मर्यादा को निभाना पड़ा। अब तक उसका जीवन मजूर का जीवन था। उसका कोई आदर्श, कोई मर्यादा उसके सामने न थी। अब उसके जीवन में विचार का उदय हुआ, जहाँ का मार्ग काँटों से भरा हुआ है। स्वार्थ-सेवा ही पहले उसके जीवन का लक्ष्य था, इसी काँटों पर तौलने लगा। यों कहो कि जड़-जगत् से निकलकर उसने चेतना-जगत् में प्रवेश किया। उसने कुछ लेन-देन करना शुरू किया था, पर अब उसे ब्याज लेते हुए आत्मग्लानि-सी होती थी। यहाँ तक कि गउओं को दुहाते समय उसे बछड़ों का ध्यान बना रहता था कि कहीं बछड़ा भूखा न रह जाये, नहीं तो उसका रोयाँ दुखी होगा। वह गाँव का मुखियाँ था, कितने ही मुकदमों में उसने झूठी *शहादतें*[1] बनवायी थीं, कितनों से *डाँड़*[2] लेकर मामले को *रफा-दफा*[3] करा दिया था। अब इन व्यापारों से उसे घृणा होती थी। झूठ और प्रपंच से कोसों दूर भागता था। पहले उसकी यह चेष्टा होती थी कि मजूरों से जितना काम लिया जा सके लो और मजूरी जितनी कम दी जा सके दो, पर अब उसे मजूर के काम की कम, मजूरी की अधिक चिन्ता रहती थी-कहीं बेचारे मजूर के काम की कम, मजूरी की अधिक चिन्ता रहती थी कि कहीं बेचारे मजूर का रोयाँ न दुखी हो जाये। उसके दोनों जवान बेटे बात-बात में उस पर *फब्तियाँ*[4] कसते। यहाँ तक कि बुलाकी भी अब उसे कोरा भगत समझने लगी थी, जिसे घर के भले-बुरे से कोई प्रयोजन न था। चेतन-जगत् में आकर सुजान भगत कोरे भगत रह गये।

सुजान के हाथों से धीरे-धीरे अधिकार छीने जाने लगे। किस खेत में क्या बोना है, किसको क्या देना है, किससे क्या लेना है, किस भाव क्या चीज बिकी, ऐसी-ऐसी महत्त्वपूर्ण बातों में भी भगत जी की सलाह न ली जाती थी। भगत के पास कोई जाने ही न पाता। दोनों लड़के या स्वयं बुलाकी दूर ही से मामला तय कर लिया करती। गाँव भर में सुजान का मान-सम्मान बढ़ता था, अपने घर में घटता था। लड़के उसका सत्कार अब बहुत करते। हाथ से चारपाई उठाते देख लपककर खुद उठा लाते, चिलम न भरने देते, यहाँ तक कि उसकी धोती छाँटने के लिए आग्रह करते थे। मगर अधिकार उसके हाथ में न था। वह अब घर का स्वामी नहीं, मन्दिर का देवता था।

---

1. गवाहियाँ। 2. दण्ड। 3. समाप्त। 4. ताने, व्यंग्य।

एक दिन बुलाकी ओखली में दाल छाँट रही थी। एक भिखमंगा द्वार पर आकर चिल्लाने लगा। बुलाकी ने सोचा, दाल छाँट लूँ, तो उसे कुछ दे दूँ। इतने में बड़ा लड़का भोला आकर बोला-अम्माँ, एक महात्मा द्वार पर खड़े गला फाड़ रहे हैं? कुछ दे दो, नहीं तो उनका रोयाँ दुखी हो जायेगा।

बुलाकी ने उपेक्षा के भाव से कहा-भगत के पाँव में क्या मेंहदी लगी है, क्यों कुछ ले जाकर नहीं देते? क्या मेरे चार हाथ हैं? किस किसका रोयाँ सुखी करूँ? दिन भर तो ताँता लगा रहता है।

भोला-चौपट करने पर लगे हुए हैं, और क्या? अभी मँहगू बेंग देने आया था। हिसाब से सात मन हुए। तौला तो पौने सात मन ही निकले। मैंने कहा-दस सेर और ला, तो आप बैठे-बैठे कहते हैं, इतनी दूर कहाँ जायेगा। भरपाई लिख दो, नहीं तो उसका रोयाँ दुखी होगा। मैंने भरपाई नहीं लिखी। दस सेर बाकी लिख दी।

बुलाकी-बहुत अच्छा किया तुमने। बकने दिया करो। दस-पाँच दफे मुँह की खा जायेंगे, तो आप ही बोलना छोड़ देंगे।

भोला-दिन भर एक न एक खुचड़¹ निकालते रहते हैं। सौ दफ़े कह दिया कि तुम घर-गृहस्थी के मामले में न बोला करो, पर इनसे बिना बोले रहा ही नहीं जाता।

बुलाकी-मैं जानती कि इनका यह हाल होगा, तो गुरुमन्त्र न लेने देती।

भोला-भगत क्या हुए कि दीन-दुनिया दोनों से गये। सारा दिन पूजा-पाठ में ही उड़ जाता है। अभी ऐसे बूढ़े नहीं हो गये कि कोई काम ही न कर सकें।

बुलाकी ने आपत्ति की-भोला, यह तुम्हारा कुन्याय है। फावड़ा, कुदाल अब उनसे नहीं हो सकता, लेकिन कुछ न कुछ तो करते ही रहते हैं। बैलों को सानी-पानी देते हैं, गाय दुहाते हैं और भी जो कुछ हो सकता है, करते हैं।

भिक्षुक अभी तक खड़ा चिल्ला रहा था। सुजान ने जब घर में से किसी को कुछ लाते न देखा, तो उठकर अन्दर गया और कठोर स्वर से बोला-तुम लोगों को कुछ सुनायी नहीं देता कि द्वार पर कौन घण्टे भर से खड़ा भीख माँग रहा है। अपना काम तो दिन भर करना ही है, एक छन भगवान् का काम भी तो किया करो।

बुलाकी-तुम तो भगवान् का काम करने को बैठे ही हो, क्या घर भर भगवान् ही का काम करेगा?

सुजान-कहाँ आटा रखा है, लाओ, मैं ही निकालकर दे आऊँ। तुम रानी बनकर बैठो।

---

1. बात।

142

बुलाकी-आटा मैंने मर-मर कर पीसा है, अनाज दे दो। ऐसे *मुड़चिरों*[1] के लिए पहर रात से उठकर चक्की नहीं चलाती हूँ।

सुजान भण्डार घर में गये और एक छोटी-सी *छबड़ी*[2] को जौ से भरे हुए निकाले। जौ सेर भर से कम न था। सुजान ने जान-बूझकर, केवल बुलाकी और भोला को चिढ़ाने के लिए, भिक्षा-परम्परा का उल्लंघन किया था। तिस पर भी यह दिखाने के लिए कि छबड़ी में बहुत ज्यादा जौ नहीं है, वह उसे चुटकी से पकड़े हुए थे। चुटकी इतना बोझ न सम्भाल सकती थी। हाथ काँप रहा था। एक क्षण विलम्ब होने से छबड़ी के हाथ से छूटकर गिर पड़ने की सम्भावना थी। इसलिए वह जल्दी से बाहर निकल जाना चाहते थे। सहसा भोला ने छबड़ी उनके हाथ से छीन ली और त्यौरियाँ बदलकर बोला-सेंत का माल नहीं है, जो लुटाने चले हो। छाती फाड़-फाड़कर काम करते हैं, तब दाना घर में आता है।

सुजान ने खिसिया कर कहा-मैं भी तो बैठा नहीं रहता।

भोला-भीख, भीख की ही तरह दी जाती है, लुटायी नहीं जाती। हम तो एक *बेला*[3] खाकर दिन काटते हैं कि पति-पानी बना रहे, और तुम्हें लुटाने की सूझी है। तुम्हें क्या मालूम कि घर में क्या हो रहा है।

सुजान ने इसका कोई जवाब न दिया। बाहर आकर भिखारी से कह दिया-बाबा, इस समय जाओ, किसी का हाथ खाली नहीं है। और पेड़ के नीचे बैठकर विचारों में मग्न हो गया। अपने ही घर में उसका यह अनादर! अभी यह अपाहिज नहीं है, हाथ-पाँव थके नहीं हैं, घर का कुछ न कुछ काम करता ही रहता है। उस पर यह अनादर! उसी ने घर बनाया, यह सारी *विभूति*[4] उसी के श्रम का फल है, पर अब इस घर पर उसका कोई अधिकार नहीं रहा। अब वह द्वार का कुत्ता है। पड़ा रहे और घरवाले जो रूखा दे दें, वह खाकर पेट भर लिया करे। ऐसे जीवन को धिक्कार है। सुजान ऐसे घर में नहीं रह सकता।

सन्ध्या हो गयी थी। भोला का छोटा भाई शंकर *नारियल*[5] भर कर लाया। सुजान ने नारियल दीवार से टिकाकर रख दिया।! धीरे-धीरे तम्बाकू जल गया। जरा देर में भोला ने द्वार पर चारपाई डाल दी। सुजान पेड़ के नीचे से न उठा।

कुछ देर और गुज़ारी। भोजन तैयार हुआ। भोला बुलाने आया। सुजान ने कहा-भूख नहीं है। बहुत मनावन करने पर भी न उठा। तब बुलाकी ने आकर कहा-खाना खाने क्यों नहीं चलते? जी तो अच्छा है?

सुजान को सबसे अधिक क्रोध बुलाकी ही पर था। यह भी लड़कों के साथ है। यह बैठी रही और भोला ने मेरे हाथ से अनाज छीन लिया। इसके मुँह से

---

1. जिसने मूँड़ मुड़ाया हो। 2. डलिया। 3. समय। 4. धन। 5. नारियल का सूखा हुआ कठोर गोला जिसमें छेद करके पानी भरकर तम्बाकू पीते हैं।

इतना भी न निकला कि ले जाते हैं, तो ले जाने दो। लड़कों को न मालूम हो कि मैंने कितने श्रम से यह गृहस्थी जोड़ी है, पर यह तो जानती है। दिन को दिन और रात को रात नहीं समझा। भादों की अन्धेरी रात में मड़ैया डाल के जुआर[1] की रखवाली करता था। जेठ-बैसाख की दोपहरी में भी दम न लेता था, और अब मेरा घर पर इतना भी अधिकार नहीं है कि भीख तक दे सकूँ। माना कि भीख इतनी नहीं दी जाती लेकिन इनको तो चुप रहना चाहिए था, चाहे मैं घर में आग ही क्यों न लगा देता। कानून से भी तो मेरा कुछ होता है। मैं अपना हिस्सा नहीं खाता, दूसरों को खिला देता हूँ, इसमें किसी के बाप का क्या साझा? अब इस वक़्त मनाने आयी है। इसे मैंने फूल की छड़ी से भी नहीं छुआ, नहीं तो गाँव में ऐसी कौन औरत है, जिसने खसम[2] की लातें न खायी हों, कभी कड़ी निगाह से देखा तक नहीं। रुपये-पैसे, लेना-देना, सब इसी के हाथ में दे रखा था। अब रुपये जमाकर लिये हैं, तो मुझी से घमण्ड करती है। अब इसे बेटे प्यारे हैं, मैं तो निखट्टू लुटाऊँ, घर-फूँकू, घोंघा हूँ। मेरी इसे क्या परवाह! तब लड़के न थे, जब बीमार पड़ी थी और मैं गोद में उठाकर बैद के घर ले गया था। आज इसके बेटे हैं और यह उनकी माँ है। मैं तो बाहर का आदमी।

मुझसे घर से मतलब ही क्या? बोला-अब खा-पीकर क्या करूँगा हल जोतने से रहा, फावड़ा चलाने से रहा। मुझे खिलाकर दाने को क्यों खराब करेगी? रख दो, बेटे दूसरी बार खायेंगे।

बुलाकी-तुम तो ज़रा-ज़रा-सी बात पर तिनक जाते हो। सच कहा है, बुढ़ापे में आदमी की बुद्धि मारी जाती है। भोला ने इतना ही तो कहा था कि इतनी भीख मत ले जाओ, या और कुछ?

सुजान-हाँ, बेचारा इतना कह कर रह गया। तुम्हें तो मज़ा तब आता, जब वह ऊपर से दो-चार डण्डे लगा देता। क्यों? अगर यही अभिलाषा है, तो पूरी कर लो। भोला खा चुका होगा, बुला लाओ। नहीं, भोला को क्यों बुलाती हो, तुम्हीं न जमा दो, दो-चार हाथ। इतनी कसर है, वह भी पूरी हो जाये।

बुलाकी-हाँ, और क्या, यही तो नारी का धरम ही है। अपने भाग सराहो कि मुझ-जैसी सीधी औरत पा ली। जिस बल चाहते हो, बिठाते हो। ऐसी मुँहजोर होती, तो तुम्हारे घर में एक दिन भी निबाह न होता।

सुजान-हाँ, भाई, वह तो मैं ही कह रहा हूँ कि देवी थीं और हो। मैं तब भी राक्षस था और अब भी दैत्य हो गया हूँ। बेटे कमाऊ हैं, उनकी-सी न कहोगी, तो क्या मेरी-सी कहोगी, मुझसे अब क्या लेना-देना है?

---

1. ज्वार। 2. पति।

बुलाकी-तुम झगड़ा करने पर तुले बैठे हो और मैं झगड़ा बचाती हूँ कि चार आदमी हँसेंगे। चलकर खाना खा लो सीधे से, नहीं तो मैं जाकर सो रहूँगी।

सुजान-तुम भूखी क्यों सो रहोगी? तुम्हारे बेटों की तो कमायी है। हाँ, मैं बाहरी आदमी हूँ?

बुलाकी-बेटे तुम्हारे भी तो हैं।

सुजान-नहीं, मैं ऐसे बेटों से बाज आया। किसी और के बेटे होंगे। मेरे बेटे होते, तो क्या मेरी दुर्गति होती?

बुलाकी-गालियाँ दोगे, तो मैं भी कुछ कह बैठूँगी। सुनती थी, मर्द बड़े समझदार होते हैं, पर तुम सबसे न्यारे हो। आदमी को चाहिए कि जैसा समय देखे वैसा काम करे। अब हमारा और तुम्हारा निबाह इसी में है कि नाम के मालिक बने रहें और वही करें, जो लड़कों को अच्छा लगे। मैं यह बात समझ गयी, तुम क्यों नहीं समझ पाते? जो कमाता है, उसी का घर में राज होता है। यही दुनिया का दस्तूर¹ है। मैं बिना लड़कों से पूछे कोई काम नहीं करती, तुम क्यों अपने मन की करते हो? इतने दिनों तक तो राज कर लिया, अब क्यों इस माया में पड़े हो? आधी रोटी, खाओ, भगवान् का भजन करो और पड़े रहो। चलो, खाना खा लो।

सुजान-तो अब मैं द्वार का कुत्ता हूँ?

बुलाकी-बात जो थी, यह मैंने कह दी। अब अपने को जो चाहो समझो।

सुजान न उठे। बुलाकी हारकर चली गयी।

(4)

सुजान के सामने अब एक नयी समस्या खड़ी हो गयी थी। वह बहुत दिनों से घर का स्वामी था और अब भी ऐसा ही समझता रहा। परिस्थिति में कितना उलटफेर हो गया था, इसकी उसे ख़बर न थी। लड़के उसका सेवा-सम्मान करते हैं, यह बात उसे भ्रम में डाले हुए थी। लड़के उसके सामने चिलम नहीं पीते, खाट पर नहीं बैठते, क्या यह सब उसके गृहस्वामी होने का प्रमाण न था? पर आज उसे यह ज्ञात हुआ कि यह केवल श्रद्धा थी, उसके स्वामित्व का प्रमाण नहीं। क्या इस श्रद्धा के बदले वह अपना अधिकार छोड़ सकता है कदापि नहीं। अब तक जिस घर में राज किया उस घर में पराधीन बनकर वह नहीं रह सकता। उसको श्रद्धा की चाह नहीं, सेवा की भूख नहीं। उसे अधिकार चाहिए। वह इस घर पर दूसरों का अधिकार नहीं देख सकता। मन्दिर का पुजारी बनकर वह नहीं रह सकता।

---

1. नियम, परम्परा।

न-जाने कितनी रात बाकी थी। सुजान ने उठकर गँड़ासे से बैलों का चारा काटना शुरू किया। सारा गाँव सोता था, पर सुजान करवी[1] काट रहे थे। इतना श्रम उन्होंने अपने जीवन में कभी न किया था। जबसे उन्होंने काम करना छोड़ा था, बराबर चारे के लिए हाय-हाय पड़ी रहती थी। शंकर भी काटता था, भोला भी काटता था, पर चारा पूरा न पड़ता था। आज वह इन लौण्डों को दिखा देंगे, चारा कैसे काटना चाहिए। उनके सामने कटिया का पहाड़ खड़ा हो गया। और टुकड़े कितने महीन और सुडौल थे, मानो साँचे में ढाले गये हों।

मुँह-अन्धेरे बुलाकी उठी तो कटिया का ढेर देखकर दंग रह गयी। बोली-क्या भोला आज रात भर कटिया ही काटता रह गया? कितना कहा कि बेटा! जी से जहान है, पर मानता ही नहीं। रात को सोया ही नहीं।

सुजान भगत ने ताने से कहा-वह सोता ही कब है? जब देखता हूँ, काम ही करता रहता है। ऐसा कमाऊ संसार में और कौन होगा?

इतने में भोला आँखें मलता हुआ बाहर निकला। उसे भी यह ढेर देखकर आश्चर्य हुआ। माँ से बोला-क्या शंकर आज बड़ी रात को उठा था, अम्माँ!

बुलाकी-वह तो पड़ा सो रहा है। मैंने तो समझा, तुमने काटी होगी।

भोला-मैं तो सबेरे उठ ही नहीं पाता। दिन भर चाहे जितना काम कर लूँ, पर रात को मुझसे नहीं उठा जाता।

बुलाकी-तो क्या तुम्हारे दादा ने काटी है?

भोला-हाँ, मालूम तो होता है। रात भर सोये नहीं। मुझसे कल बड़ी भूल हुई। अरे, वह तो हल लेकर जा रहे हैं! जान देने पर उतारू हो गये हैं क्या?

बुलाकी-क्रोधी तो सदा के हैं। अब किसी की सुनेंगे थोड़े ही।

भोला-शंकर को जगा दो, मैं भी जल्दी से मुँह-हाथ धोकर हल ले जाऊँ।

जब अन्य किसानों के साथ भोला हल लेकर खेत में पहुँचा, तो सुजान आधा खेत जोत चुके थे। भोला ने चुपके से काम करना शुरू किया। सुजान से कुछ बोलने की उसकी हिम्मत नहीं पड़ी। दोपहर हुआ सभी किसानों ने हल छोड़ दिये। पर सुजान भगत अपने काम में मगन हैं। भोला थक गया है। उसकी बार-बार इच्छा होती है कि बैलों को खोल दे। मगर डर के मारे कुछ कह नहीं सकता। सबको आश्चर्य हो रहा है कि दादा कैसे इतनी मेहनत कर रहे हैं।

---

1. छाँटी, चारा।

आखिर डरते-डरते बोला-दादा, अब तो दोपहर हो गयी। हल खोल दें न?

सुजान-हाँ, खोल दो। तुम बैलों को लेकर चलो, मैं डाँड़ फेंककर आता हूँ।

भोला-मैं संझा को डाँड़ फेंक दूँगा।

सुजान-तुम क्या फेंक दोगे। देखते नहीं हो, खेत कटोरे की तरह गहरा हो गया है। तभी तो बीच में पानी जम जाता है। इस *गोइँड़*[1] के खेत में बीस मन का बीघा होता था। तुम लोगों ने इनका सत्यानाश कर दिया।

बैल खोल दिये गये। भोला बैलों को लेकर घर चला, पर सुजान डाँड़ फेंकते रहे। आध घण्टे के बाद डाँड़ फेंककर वह घर आये। मगर थकान का नाम न था। नहा-खाकर आराम करने के बदले उन्होंने बैलों को सहलाना शुरू किया। उनकी पीठ पर हाथ फेरा, उनके पैर मले, पूँछ सहलायी। बैलों की पूँछें खड़ी थीं। सुजान की गोद में सिर रखे उन्हें अकथनीय सुख मिल रहा था। बहुत दिनों के बाद आज उन्हें यह आनन्द प्राप्त हुआ था। उनकी आँखों में कृतज्ञता भरी हुई थी। मानो वे कह रहे थे, हम तुम्हारे साथ रात-दिन काम करने को तैयार हैं।

अन्य कृषकों की भाँति भोला अभी कमर सीधी कर रहा था कि सुजान ने फिर हल उठाया और खेत की ओर चले। दोनों बैल उमंग से भरे दौड़े चले जाते थे, मानों उन्हें स्वयं खेत में पहुँचने की जल्दी थी।

भोला ने मड़ैया में लेटे-लेटे पिता को हल लिये जाते देखा, पर उठ न सका। उसकी हिम्मत छूट गयी। उसने कभी इतना परिश्रम न किया था। उसे बनी-बनायी *गिरस्ती*[2] मिल गयी थी। उसे ज्यों-त्यों चला रहा था। इन दामों पर वह घर का स्वामी बनने का इच्छुक न था। जवान आदमी को बीस धन्धे होते हैं। हँसने-बोलने के लिए, गाने-बजाने के लिए भी तो उसे कुछ समय चाहिए। पड़ोस के गाँव में दंगल हो रहा है। जवान आदमी कैसे अपने को वहाँ जाने से रोकेगा? किसी गाँव में बारात आयी है, नाच-गाना हो रहा है। जवान आदमी क्यों उसके आनन्द से वंचित रह सकता है? वृद्धजनों के लिए बाधाएँ नहीं। उन्हें न नाच-गाने से मतलब, न खेल-तमाशे से गरज, केवल अपने काम से काम है।

बुलाकी ने कहा-भोला! तुम्हारे दादा हल लेकर गये।

भोला-जाने दो अम्माँ! मुझसे यह नहीं हो सकता।

सुजान भगत के इस नवीन उत्साह पर गाँव में टीकाएँ हुई-निकल गयी सारी

---

1. घर के किनारे का खेत। 2. गृहस्थी।

भगती। भगत बना हुआ था। माया में फँसा हुआ है। आदमी काहे को, भूत है।

मगर भगतजी के द्वार पर अब फिर साधु-सन्त आसन जमाये देखे जाते हैं। उनका आदर-सम्मान होता है। अब की उसकी खेती ने सोना उगल दिया है। बखारी में अनाज रखने की जगह नहीं मिलती। जिस खेत में पाँच मन मुश्किल से होता था, उसी खेत में अबकी दस मन की उपज हुई है।

चैत का महीना था। खलिहानों में सतयुग का राज था। जगह-जगह अनाज के ढेर लगे हुए थे। यही समय है, जब कृषकों को भी थोड़ी देर के लिए अपना जीवन सफल मालूम होता है, जब गर्व से उनका हृदय उछलने लगता है। सुजान भगत टोकरे में अनाज भर-भर कर देते थे और दोनों लड़के टोकरे लेकर घर में अनाज रख आते थे। कितने ही भाट और भिक्षुक भगत जी को घेरे हुए थे। उनमें वह भिक्षुक भी था, जो आज से आठ महीने पहले भगत के द्वार से निराश होकर लौट गया था।

सहसा भगत ने उस भिक्षुक से पूछा-क्यों बाबा! आज कहाँ-कहाँ चक्कर लगा आये?

भिक्षुक-अभी तो कहीं नहीं गया भगतजी! पहले तुम्हारे ही पास आया हूँ।

भगत-अच्छा, तुम्हारे सामने यह ढेर है। इसमें से जितना अनाज उठाकर ले जा सको, ले जाओ।

भिक्षुक ने क्षुब्ध[1] नेत्रों से ढेर को देखकर कहा-जितना अपने हाथ से उठाकर दे दोगे, उतना ही लूँगा।

भगत-नहीं, तुमसे जितना उठ सके, उठा लो।

भिक्षुक के पास चादर थी। उसने कोई दस सेर अनाज उसमें भरा और उठाने लगा। संकोच के मारे और अधिक भरने का उसे साहस न हुआ।

भगत उसके मन का भाव समझकर आश्वासन देते हुए बोले-बस! इतना तो एक बच्चा भी उठा ले जायेगा।

भिक्षुक ने भोला की ओर सन्दिग्ध नेत्रों से देखकर कहा-मेरे लिए इतना ही बहुत है।

भगत-नहीं तुम सकुचाते हो। अभी और भरो।

भिक्षुक ने एक पसेरी[2] अनाज और भरा, और फिर भोला की ओर सशंक[3] दृष्टि से देखने लगा।

---

1. दुखी, क्रोधित। 2. पाँच सेर (किलो)। 3. शंका।

भगत-उसकी ओर क्या देखते हो, बाबाजी? मैं जो कहता हूँ, वह करो। तुमसे जितना उठाया जा सके, उठा लो।

भिक्षुक डर रहा था कि कहीं उसने अनाज भर लिया और भोला ने गठरी न उठाने दी, तो कितनी भद्द होगी। और भिक्षुकों को हँसने का अवसर मिल जायेगा। सब यही कहेंगे कि भिक्षुक कितना लोभी है। उसे और अनाज भरने की हिम्मत न पड़ी।

तब सुजान भगत ने चादर लेकर उसमें अनाज भरा और गठरी बाँधकर बोले-इसे उठा ले जाओ।

भिक्षुक-बाबा, इतना तो मुझसे उठ न सकेगा।

भगत-अरे! इतना भी न उठ सकेगा! बहुत होगा तो मन भर। भला जोर तो लगाओ, देखूँ, उठा सकते हो या नहीं।

भिक्षुक ने गठरी को आज़माया। भारी थी। जगह से हिली भी नहीं। बोला-भगत जी, यह मुझसे न उठ सकेगी!!

भगत-अच्छा, बताओ किस गाँव में रहते हो?

भिक्षुक-बड़ी दूर है भगतजी! अमोला का नाम तो सुना होगा!

भगत-अच्छा, आगे-आगे चलो, मैं पहुँचा दूँगा।

यह कहकर भगत ने जोर लगाकर गठरी उठायी और सिर पर रखकर भिक्षुक के पीछे हो लिये। देखने वाले भगत का यह पौरुष देखकर चकित हो गये। उन्हें क्या मालूम था कि भगत पर इस समय कौन-सा नशा था। आठ महीने के निरन्तर अविरल परिश्रम का आज उन्हें फल मिला था। आज उन्होंने अपना खोया हुआ अधिकार फिर पाया था। वही तलवार, जो केले को भी नहीं काट सकती, सान पर चढ़कर लोहे को काट देती है। मानव-जीवन में *लाग*[1] बड़े महत्त्व की वस्तु है। जिसमें लाग नहीं, *गैरत*[2] नहीं, वह जवान भी मृतक है। सुजान भगत में लाग थी और उसी ने उन्हें अमानुषीय बल प्रदान कर दिया था। चलते समय उन्होंने भोला की ओर सगर्व नेत्रों से देखा और बोले-ये भाट और भिक्षुक खड़े हैं, कोई खाली हाथ न लौटने पाये।

भोला सिर झुकाये खड़ा था, उसे कुछ बोलने का हौसला न हुआ। वृद्ध पिता ने उसे परास्त कर दिया था।

---

1. लगन। 2. स्वाभिमान।

शिक्षा

अपने बाहुबल और परिश्रम पर भरोसा रखो और उसका उपयोग करो, तभी घर का स्वामित्व मिलता है।

सन्देश

➤ केवल अपने लिए ही नहीं, दूसरों के लिए भी कुछ दान करना चाहिए।

➤ पूजा करना ही धर्म नहीं, सज्जनता पूर्ण कर्म ही वास्तविक मानव धर्म है।

➤ वृक्ष कबहू नहीं फल भखे, नदी न संचै नीर।
  परमारथ के कारने, साधुन धरा शरीर।।

➤ बड़ा हुआ तो क्या हुआ, जैसे पेड़ खजूर।
  पंथी को छाया नहीं, फल लागै अतिदूर।।

प्रेमचन्द की प्रसिद्ध कहानियाँ

सम्पादकः डॉ. सच्चिदानन्द शुक्ल
टाइपः पेपरबैक
भाषाः हिन्दी
पृष्ठः 152
मूल्यः ₹ 100
प्रकाशकः वी एण्ड एस पब्लिशर्स

प्रेमचन्द की सम्पूर्ण कहानियाँ 'मानसरोवर' नामक शीर्षक में संग्रहीत हैं, जो आठ खण्डों में प्रकाशित है। उन कहानियाँ में से 13 चुनी हुई प्रसिद्ध) कहानियों को इस पुस्तक में प्रकाशित किया गया है। ये कहानियाँ एक विशेष शैली और दृष्टिकोण से प्रस्तुत की गयी हैं।

प्रत्येक कहानी के पूर्व प्रेमचन्द की रचना की विशेष बातें तथा अन्त में उनके सन्देश एवं उनसे मिलने वाली शिक्षा को दिया गया है, जो इस कहानी संग्रह को अनूठा और विशेष बनाते हैं।

13 कहानियों का यह संकलन विशेषतः बच्चों को ध्यान में रखते हुए प्रकाशित किया गया है। प्रत्येक पृष्ठ पर दिये गये कठिन शब्दों के अर्थ इस कहानी-संग्रह को बच्चों के लिए और भी अनुकूल और उपयोगी बनाते हैं।

छात्र-छात्राओं, पाठशालाओं व पुस्तकालयों के लिए अत्यन्त महत्त्वपूर्ण। प्रत्येक परिवार के बच्चों, बूढ़ों, युवाओं के लिए यह एक आदर्श एवं संग्रहणीय पुस्तक है।